小説 自衛隊放射線学生

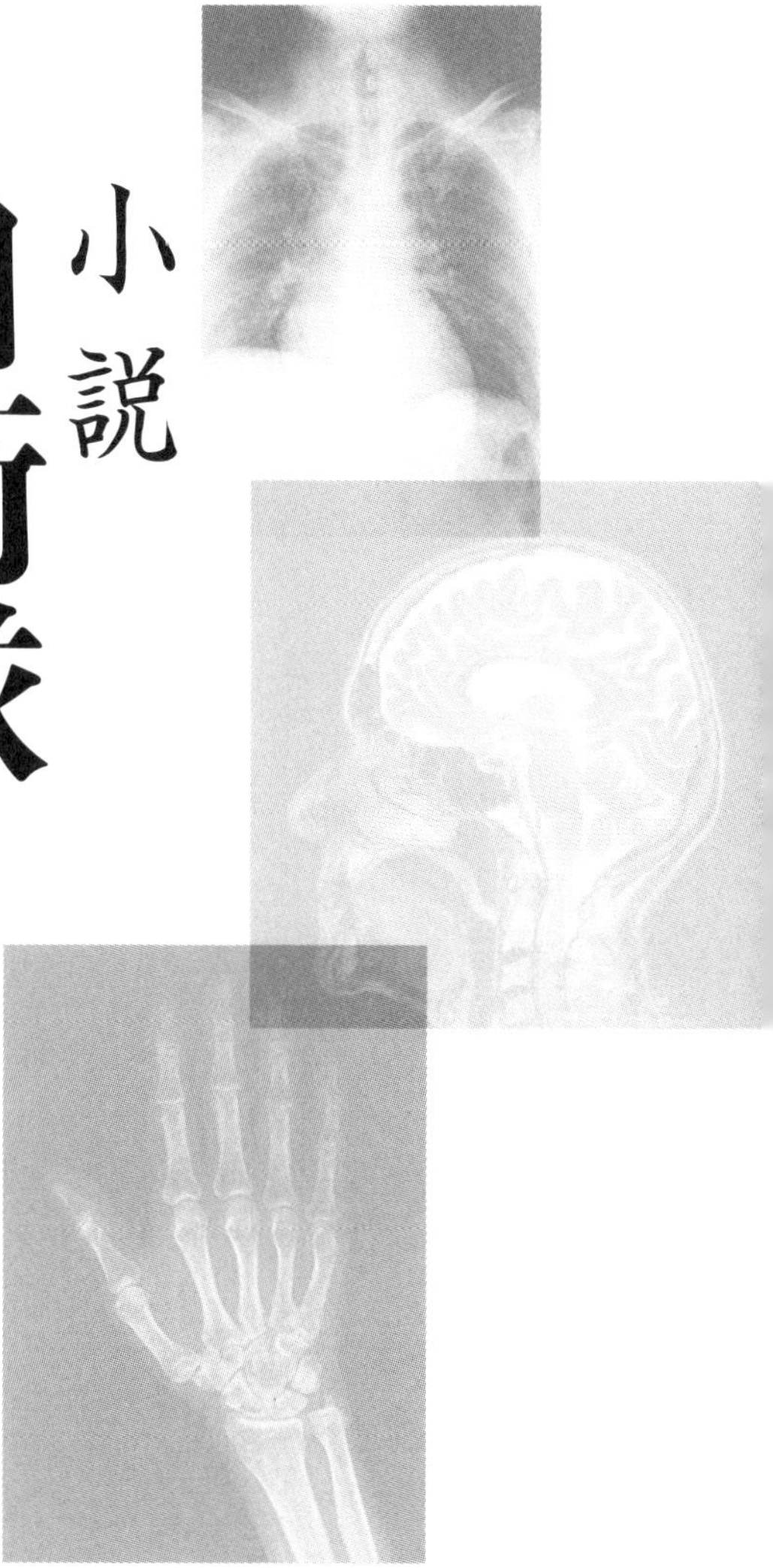

露崎 薫
TSUYUZAKI Kaoru

文芸社

1

伊勢湾台風は、昭和三十四年九月二十六日、紀伊半島の潮岬《しおのみさき》に上陸した。最大風速毎秒七十五メートル。九二九ミリバール。東海地方を中心に、ほぼ全国にわたって甚大な被害をもたらした。

死者四六九七人、不明者四〇一人、負傷者三万八九二一人。

自衛隊宇治駐屯地輸送課長である中村秀夫二佐は、救援部隊の指揮官として懸命な作業に従事した。

彼が関東の千葉駐屯地から宇治へ赴任して数ヵ月後のことであった。

宇治駐屯地の役目は、主として実動部隊から申し出のあった救援資材の送達であった。

被害状況の分析で特記すべきは、干拓地被害の激甚さであった。直径一メートル、長さ十メートル、重量七トンにもなる木材の大群が、高潮に乗って名古屋市南区や港区の住宅地を破壊した。流木による犠牲者だけでも千五百人。

数日後、中村秀夫二佐は、伊勢湾一帯の視察に二名の副官と共に出かけた。

ある岩壁の地点で、ひとりジープを降り、副官を待たせたまま、歩きだした。副官の話によれば、中村二佐の姿は、そのまま消えたという。行方不明事件発生。

岩壁に近寄り過ぎて墜落したのか、警察の協力を得て、捜索を開始した。白衛隊はもちろんマスコミにも箝口令《かんこうれい》が敷かれた。

中村二佐行方不明事件は、防衛庁に衝撃を与えた。

当時、日米安保条約改定反対の左翼団体の活動が高まりを見せていた。自衛隊高官が狙われる恐れがあった。隠密襲撃に遭ったのか。単なる事故死のほか、政治がらみの調査も行われた。

中村二佐は終戦時三十歳。陸軍大学校出の大尉だった。ルソン島攻防の生き残りだとされている。帰国後、大阪で闇屋をやっていた。部下と共に土木建築会社を設立した。資金調達の手段は不明だが、貸家建築で会社は急速に成長した。

昭和二十六年、警察予備隊に入り特科部隊の佐官として公職に就くと、昭和二十九年自衛隊に改名された千葉県内の部隊で長らく過ごし、やがては駐屯地司令官になる人材だといわれていた。独身、妻はすでに病死。

伊勢湾台風の前年、昭和三十三年九月二十六日、関東を襲った狩野川台風では、死者・行方不明者一二六九人、負傷者数一一三八人、住家の全半壊・流出一万六七四三戸。

その救援部隊の一員、柳田行夫三曹は、昭和二十九年八月、自衛隊に入隊。昭和三十一年一月、千葉市北部にある下志津駐屯地（以下、千葉駐屯地と表記）医務室勤務を開始した。開設したばかりのこの駐屯地では、各部隊で要員不足が生じており、その補充に悩んでいた。

駐屯地医務室に看護婦（旧制度）として倉橋京子が勤務することになった。彼女は松戸駐屯地勤務のM二佐の親戚筋の女性であった。要員に親族が加わって、辛うじて態勢が整うのは、どこも同じようなものであった。同駐屯地にある高射学校の女子事務員の一人は、旧軍の将官クラスの縁故の人であった。

マスコミにも報じられたように、東條英機大将の子息も、下志津駐屯地医務室で入隊時に受診をしている。

柳田は、松戸のM二佐の助言もあり、京子と結婚する運びになった。柳田が三等陸曹に任官した十月のことである。狩野川台風の救援活動が一段落した頃であった。

仲人は橋本三佐であった。薬剤官で、駐屯地医務室の衛生科長。結婚式会場は、駐屯地近くのキリスト教会。その教会は聖書学園という学校法人の敷地内にあり、短期大学と高校を経営している。その短大の英文科を柳田は夜間通学して卒業していた。当時は、自衛官の中に夜間通学者が多く、そこを卒業して、幹部へ昇進していく者も少なくなかった。

挙式には、京子の父（広島県呉市在住）が出席した。元戦艦大和の製造作業員であった。現在、米軍発注のタンカー製造の指導者になっている。柳田側の親族としては、長野県篠ノ井町から父が出席した。現在、ある鶏卵飼育用設備製作所の警備員をしている。東京空襲被害の疎開者であり、後妻と共に、辛うじて余生を送っている男であった。前妻の弟が、ハルピン学院卒の外交官で、戦後日本のロシア外交の第一線で活躍していることを、唯一の誇りに思っている。新興宗教の在家信者の地方役員としては、篠ノ井地区では名の知れた男だった。

ともかく、挙式は無事に終わった。

柳田に桜岡陸士長が話しかけてきた。

「柳田よ、なんで、あんなのと結婚したのよ。お前みたいな謹厳居士が、もっとまともな女がいるのにね」

「まあ、なりゆきで、穏便《おんびん》にね。実は、俺は、全く結婚なんてする気はなかったさ。でも、橋本科長が熱心に結婚をすすめるので、科長の顔も立てなくちゃあ、ね」

　桜岡は入隊同期の酒飲み仲間。法政大学政治学科中退、大学時代は空手部に所属。父親が急死して、コンニャクの製造販売で上昇傾向にあった会社がつぶれてしまった。突然、家計が傾いて、入隊してきた男である。

「前にも話したように、あの女とは、俺は肉体関係もなく、全くの清廉潔白な間柄だ。彼女が東京見物したいと言うので、浅草を案内してやった。浅草の大勝館は、入隊前の俺のアルバイト先でね。入場無料で入れた」

　柳田は明治大学仏文科の夜間部に在籍していた。

「東京へ二人で出かけた、あれは特別な関係だ、なんて、君たちが騒ぐから、科長もあわてた。部隊内の風紀維持の責任感から、俺が群馬県新町の陸曹候補生教育隊へ行く前に、婚約をすすめた。俺は困ったが、そうすることにした。なにしろ、俺は短大通学なんかで、貯金もなく、結婚する資金もゼロの状態だったしね」

「まあ、同情するね。彼女のほうも、なりゆきまかせの様子だったろうね。君より三つ年長だし、嫁のもらい手はないだろうしね」

　男仲間うちで、そんな会話をしていたが、柳田は、果たして、俺は、これでいいのだろうかと、思い返すこと限りなしという心境だった。

柳田行夫は新宿淀橋生まれ。父、忠雄が昭和八年に新宿駅西口近くに魚店を開業した年に生まれた。

昭和十二年、父の生活は転落に向かっていた。行夫の母の病死によって長兄の辰雄は山梨県御坂町の父の実家に預けられ、行夫は浅草の父の兄の家に預けられた。その伯父の家は、本願寺の隣にあった。四歳の行夫は、そこで一年間ほど過ごしていた。近くに浅草オペラ館勤めの山口さんが住んでいた。山口さんが、父に後妻を世話した。東京空襲で疎開したのが後妻の実家のある長野県篠ノ井町である。戦後のどさくさの中、行夫はアルバイトをしながら高校を卒業した。

さて、これから大学へ、となった。信州大学教育学部なら、家から近くて、通学可能。昔の師範学校、学費も安くて済みそうだ。ところが、彼は色弱だった。

進学指導の教師から、諦めるように言われた。行夫は方針を転換、浅草の山口さんを頼って上京。山口老女は健在だった。老女の世話で、大勝館の雑用係に採用された。

明治大学仏文科へ入ったのは、中村光夫という教授がいるという理由からだった。高校時代に県立図書館で、氏の書いた文庫を読んだ記憶が鮮明だった。夜間通学を始めた彼は、新入生歓迎会で、その中村光夫氏と話し合った。木庭一郎というのが教授の本名で、中村はペンネームであった。

大勝館では掃除係のほか、売店の手伝いもした。場内の客席を回って、「オセンにキャラメル」と言いながら売り歩いたりした。

斉藤正直教授のフランス語講座では、氏から「トレビャン」と声をかけられ、向学意欲を湧かせた。

しかし、多忙を極めたアルバイト生活のため、欠席が多くなり、そんな時、「自衛隊員募集、色弱可」という広報を目にした。

入隊しても、色弱のことで問題になったことはなかった。自動車の免許も取った。が、そのことを口外するつもりもなかった。しかし、根強い憎悪が湧き続けた。男性の二十パーセントがその形質をもっているという。病気ではないにせよ、この形質によって、人生を狂わされている人が多いはずだ。宮中某重大事件に関する近代史最大のタブーは、色覚異常問題であったという。俺はタブーの一員なのか、と柳田は考え続ける。菊のカーテン、鉄のカーテン。彼は重苦しいものを感じないわけにはいかなかった。

2

結婚式の数日前、京子は呉市にいる父を列席させるため、父のところへ向かった。東海道線下り列車は、さほど混んではいなかった。

医務室の飯島医官の計らいで、岡山県の療養所へ向かう患者を看護しつつ、同伴する手配をしてくれた。多少旅費の助けになるように配慮してくれたのだ。その患者は快方に向かっている肺結核で、一ヵ月の部隊外療養の予定だった。

患者の名は中村秀夫、特科部隊の二佐だった。京子とは、患者対看護婦として気心の知れた男だった。

中村は京都のある寺院にお参りして、知人が経営する四条河原町のホテルに一泊していこうと提案した。部屋も二つ取ると言った。費用は彼がおごるとも言った。

夕食が終わり、各自別々の部屋で床についた。

京子は久しぶりの列車で、疲れていた。すぐ眠りについた。彼女はよく夢をみる。火災から懸命に逃れる夢だ。呉市空襲の時は、学徒勤労隊として工場で働いていた。多くの同級生が亡くなった。彼女も災に包まれ、逃げ場を失った。あせる。熱い。しかし、懸命に逃げ続ける。夢は変化する。無数の死体を穴に埋めるため、シャベルを使う。掘り続ける……。

彼女は広島の被爆地に、原爆投下後数日して、学生仲間と出かけた。二次被爆者と認定され、被爆者健康手帳を支給されていた。その手帳のことは、柳田行夫にも話してある。実際、どのくらい被爆したのか分からないが、原爆症の健康変化は、後日出るかもしれぬと医師から言われていた。疲れが出るのが早い、よく強迫的な夢を見る、物忘れが多い、そんな症状は、もしかすると、原爆のせいかもしれない、と思うことがある。

京都の宿では熟睡した。深い谷間に落ちたような眠り方だった。父が夢に一瞬現れたような気もした。父は仏像を指さしながら、あれは人間がこしらえたものだ。人間の想像の作りものだ。霊魂なんてこの世にはいないと言った。父は無信心者だ。電気工学を学んだ父は、神仏はこの世にいない、と断言していた。京子も父と同じ考えだった。悲しい考え方だが、本当だと思った。

朝、目覚めて、個室の扉に鍵をかけ忘れて眠っていたのに気がついたが、すぐそのことも忘れた。

後日、京子は、あの夜、父の夢を見た。が、それは妄想であり、父以外の男の夢ではなかったか、と感じてもいた。

京子は中村秀夫と岡山駅で別れ、一路呉市の父のもとへ急いだ。

その日は、父が呉駅に迎えに来ていた。父は「倉橋島西宇土の実家へ寄ってから」と話した。現在、父は市内に仮住まいして会社へ通勤しており、西宇土という村落が本来の実家で、そこに京子の母が健在で暮らしていた。

父と京子は、小型の蒸気船に乗り、実家に向かった。

呉市街と倉橋島を結ぶ音戸大橋ができたのは、その数年後のことである。

千葉県のキリスト教会での結婚式の後で、柳田行夫の父忠雄は、倉橋京子の父一郎と共に、長野県に向かった。かねて打ち合わせていた長野県側の計画であった。忠雄は披露宴を別所温泉の某ホテルで行いたいと伝えていた。京子の父は、日程の都合でその案件を断っていた。それでは、父一郎氏だけでも、長野県の親族に紹介したいと申し出て、了解を得ていた。

忠雄の計画では、京子の父には別所温泉に一泊してもらい、次いで善光寺参りを一緒にして親交を深めたい、というものだった。一郎氏は了承した。

仲人役を果たした橋本三佐は、すでに東京の陸幕（陸上幕僚監部）へ転勤していた。薬剤師なので医療資材の統括業務をすることになったのだろうと柳田は思った。

肝心の柳田夫婦の新居は、千葉駐屯地から五百メートルほどの場所の新築の家の一間に決まった。その家は、国鉄を定年退職した人が建てたばかりの家で、もう一家族の新婚陸曹が隣室に入居するというので、借賃は月二千円でよい、とされた。このあたりの農家は、ほとんどの家が、営外居住を希望する自衛官に部屋の一部を貸していた。

それまで京子は、駐屯地の栄養課に勤務する某女性と農家の一室を借りて、二人で共同生活をしていた。家賃も一人千円ですましていた。

当時は、営外居住の自衛官が住居不足で悩む状況であった。防衛力整備計画という言葉があるが、隊員の居住問題も、その中に含まれなければ、いくら性能のよい防衛品を得ても十分活用できないのではないか、というのが一般市民の声でもあった。

十一月のある日、京子は虫垂炎の疑いで緊急入院した。手術もしている。しかし、それが妊娠による体調の変化であることが分かった。

十二月の初め、長野県の柳田の父母が、突然千葉県の柳田の新居を訪れた。継母正子の強い要望であった。信州の冬は寒いので、正月休みを利用して来るのは体によくないから、親のほうから今、出かけていくから、ということであった。継母にとって、五歳の時から育て上げた行夫への思いは、実子と同じだった。曲がりなりにも順調に成長し、結婚にこぎついた我が子の家庭を、そして、嫁の京子を早めに見たいという気持ちだった。

虫垂炎手術から回復した京子は、駐屯地医務室へ普通に通勤していた。

柳田は、高射特科大隊の北富士演習場へ、医療班として出動する寸前のことだった。来客と十分な対応もできなかったが、妻の妊娠という報せを両親に告げることで、何かしら落ちつきを感じた。新家庭の順調さを示すことになるのだ。

幼い時から、実父よりも継母に愛着を感じていた彼は、継母の心の中に、ある種のわだかまりがあるのを感じていた。息子をとられた、そんな思いがあるのではないかと。

昭和三十四年一月、柳田三曹はある演習地から帰って来ると、医務室の先輩陸曹から、「昨日、陸幕の橋本三佐から電話があって、君の短大卒業証書を至急、橋本さんのところに送ってくれ、と頼まれて、すぐ学園に行き証書をもらって送っておいたよ」と言われた。

柳田は、最初、なんのことか分からず、ありがとうと応じておいた。

すぐ事情は分かった。

駐屯地公報で、京都の放射線専門学校で学ぶ「放射線学生」の募集を出したが、千葉駐屯地からは何も反応がない。柳田三曹が推薦に該当するから、応募するように手続きしなさい。今、本人が不在なら、医務室の科長（当時、飯島医官）の責任で書類をつくって、ついでに、最終学歴に当たる短大卒の証明書を同封して陸幕の橋本宛に送ってくれ給え。私が担当者に渡すから、というわけだった。

前年にも、そういう公報はあったようだ。その時は、該当者がなかった。条件は、陸曹であること、好学心のあること、そんな公報らしかった。

陸曹ならたくさんいる。好学心のある者はいなかった。ほとんどが家族持ちで、「学生」になるためには、京都へ引っ越さねばならない。応募しても百人に一人くらいの選抜率らしいから、めんどうなことは避けたい、という人が多い。陸幕の橋本三佐は半年前に柳田と京子との仲人をしてくれた医務室の科長である。厳格な陸幕という本庁勤務になっているとはいえ、柳田らを身内のように思っているはずであった。

「というわけで、君、京都行きになるかもしれん」と先輩は説明した。

「分かりました。そのつもりで、京子にも話しておきます」と柳田三曹は応えた。

引っ越しとなると、ややこしい問題が付きまとう。でも、そんなことは、なんとかなるだろうと思った。

問題は、放射線専門学校の入試に合格できるかどうかだ。数学・物理は高校で学んだが、十年前のことだ。今さら、復習しても間に合わないだろう。かと言って、多少は読みかえそうと、駅前の書店に飛び込んで、高校水準の参考書のいちばん安価な本を買ってみた。

一週間ほどして、陸幕から通知が来た。

「放射線専門学校入学試験は○月○日であり、それに間に合うように宇治駐屯地医務室に異動すること」、という内容であった。つまり、異動命令である。

入試に落ちたら、どうなるのだろうかという心配があったが、「よほど成績が悪くない限り、推薦者は合格することになっているさ」と先輩は言った。


柳田行夫三曹が、宇治駐屯地に到着したのは、三月上旬のある日だった。

千葉駐屯地医務室勤務の京子は依願退職して、例の新居で妊娠五ヵ月の体で、京都からの柳田の通知を待っていた。いずれにせよ、近く京都へ引っ越すだろうと思っている。果たして、向こうに適当な家があるのだろうかと思うと、気が重くなる。関西には、宇治から、ちょっと遠くになるが、西宮に父の妹に当たる叔母がいる。国鉄官舎に住んでいる。

夫は、大阪の鉄道管理局の上席の人らしい。シベリア抑留から帰還したのが昭和二十三年頃らしかった。夫が戦地に行っている間、京子の父が相当世話した妹である。京子は、あらかじめ今の状況を知らせておこうと、手紙を書いていた。

「宇治近辺に借家が見付けられなかったら、西宮の叔母さんのところに、一時、行くことになるかもしれません」と厚かましい内容だった。

「叔母さんも、兵隊の叔父さんには苦労したでしょう。私も自衛隊の夫には苦労しています。助けて下さいね。夫は自衛隊から支給されるお金で、放射線専門学校へ入れるんです。この峠を越せば、なんとかなると思うわ。私のおなかの子は、八月出産予定ですの。でも、こうなったら、叔母さんに頼むしかないわね。引っ越しは、五月の連休の頃になるかもね」

自衛隊退職金や、退職激励金などの関係者からのお金や、呉市の父からのお金など、多少ゆとりがあった。

宇治から柳田の手紙が来た。

「入学決定。四月から通学開始。駐屯地近くにアパートが建築中だが、入居は六月になる。

部屋の予約はとってある。アパートは六畳一間の狭いものだが、十部屋あり、皆、自衛隊員が予約しているようだ。このアパートがなければ、自衛隊員は、もっと高価な住宅を探し、駐屯地から遠くなること必定。愚痴を言えば、どの駐屯地も営外居住のための対策に欠けている。防衛予算のせいだろうね。それとも、民間業者との連携についての配慮が不足しているせいかね」

結局、引っ越しは五月の連休の頃と決まった。荷物の送り先は西宮の叔母のところ。
宇治から放射線専門学校まで行くには、京阪電鉄で中書島駅で乗り換え、四条河原町駅下車、市電で四条大宮へ。そこからトロリーバスで西院下車。

宇治駐屯地近くに黄檗駅があり、まずそこから乗車が始まる（宇治線）。委託学生十人、前年の学生も含めて約二十人が、いっせいに糧食班から昼食用のクジラの缶詰をもらって、駐屯地を出発する。

このあたりの地図が全く分からない柳田は、ひたすら同僚学生のあとに従って進んだ。
この専門学校は、伝統あるS会社の経営する教育施設であった。全国の放射線技師はこの学校で教育されて巣立っていった（当時は〝エックス線技師〟といった）。校舎は二階建ての木造である。一階で一年生、二階で二年生が学ぶ。

柳田のクラスは五十人ほど。そのうち、自衛隊や国鉄からの委託学生が十五人ほどいる。委託学生は二十五歳以上の人ばかりだが、そのほかは高卒の十九歳。

入学初日に滝田校長が訓示をした。

「本校のモットーは、一言で言えば隣人愛であります。理系の学校は冷たい、という印象を受けているようですが、この学校は文系の面も多くあります。本来原子力というものは、昔からこの地球にあったものです。人間がそれに気付いて、利用し始めたものです。太陽が地球を温めているように、原子力もそうあるべきです。原子爆弾など、もってのほかです。

具体的には本校は診療のためのエックス線で、人体を照射し、治療に役立てる技術者を養成する機関でありますが、この分野は急速に発展します。諸君は、その礎石であります。患者のために、一身を捧げる覚悟が必要です。

世の中は生存競争で成り立っていると言われます。しかし、負けるが勝ちということわざもあります。諸君には敗者の苦しみ、悲しみを味わってもらいたいのです。地獄から這い上がろうとする苦しみの人は、たくさんおります。決して、知識人ぶってはいけません。路上に倒れた人を、救い上げましょう。微分積分が分からぬ友人を、助けて、教え合いましょう。以上です」

入学当初、柳田は、主任教授に、こんな質問をした。

「私は自衛官採用時、色弱可ということで合格しました。今回、理科系のこの学校へ、自衛隊委託学生として入学しましたが、色弱者は放射線技師になれますか？」

その答は、「国家試験の受験資格の制限の中に、色覚異常は含まれていません」ということであった。

彼は学友とこの話題を論じることもなく、過ごすことにしていた。

彼が放射線専門学校に通い出した頃の昭和三十四年四月十日、皇太子明仁親王と正田美智子妃の御成婚があった。そのパレードをテレビで見ながら、父から聞いた話を思い返した。美智子妃の父は、一橋大卒の日本製粉の会長である。伯父建次郎氏は、抽象代数学の権威で、大阪大学総長や、武蔵大学学長を務めている。その武蔵大学の経済学教授のO氏は、父のイトコだという。O氏は山梨県御坂町出身で、祖母の妹の子だという。東大経済学部卒業。それ以来、皇室を見る眼が変わっていた。どのように変わったのか、柳田自身よく分からないのだが……。

五月の連休に柳田夫婦は、荷物を西宮の叔母の家へ慌ただしく荷造りして送った。

「突然のことで申し訳ありません」

西宮の家へ着くと、柳田は叔母という女性とその夫に謝った。

国鉄の幹部をしている本田正典氏は、平然と微笑を浮かべて、

「自衛隊も転勤で大変ですね」

と同情の言葉。叔母さんは京子に何か言っていた。

京子は苦笑している。このぐらいのことは、戦時中、京子の父が妹である叔母に尽くした援助に比べれば、なんということもないはずだ、とでもいう姿勢だった。聞けば、本田氏はシベリア抑留体験者。酷寒のロシアからの帰還軍人だった。

「私の兄は、満蒙開拓義勇隊員の生き残りで、現在、茨城県の北部で、荒地開拓をして、辛うじて生きています」

柳田は、わずかに自分の家庭状況を説明した。

やがて、完成したばかりの二階建てアパートに入る。六畳一間程度の部屋だったが、すべて営外居住の自衛隊家族ばかりで、気楽な雰囲気だった。権利金一万円、月家賃二千五百円。その時の月給は約一万円。家計は苦しいはずであった。とにかく、ここで二年間過ごせば、放射線学校を卒業できる。一学期の成績は、セーフであった。

セーフでない委託学生が一人いた。一等陸曹で、自衛官学生の取締役を兼ねて派遣されてきた人である。一応、学生として勉強していた。どうやら、成績が芳しくないらしい。本人は、市ヶ谷駐屯地出身で、夜学の某大学経済学部を卒業していた。熱心な勉強態度を認められて、委託学生になったらしい。極端に理数科目に弱かった。これでは卒業できそうもない。

思案のすえ、除隊して出生地の九州へ帰ることになった。就職先は楽器店の販売部であった。送別会が行われた。見送るほうも他人事でない。これからの学習の難関が待っている。

柳田は、近付く京子の出産を控え、勉強どころの話ではないが、落第するわけにもいかなかった。

京子の出産予定日は、八月中旬だった。柳田は近頃の京子の精神状態の不安定さが気になっていた。京子は「私、夢ばかり見るの。幻覚とでもいうのかしら。実際に体験したことなのか、それとも想像していたことなのか、つかみようのない夢。それに、朝になって夢を思い出そうとすると、どうしても思い出せないの」と言う。

「夢というのは、そういうものさ。俺だって、同じような夢を見て、それを思い出そうとすると、全く思い出せない。それが普通さ」

「でも、はっきりと思い出すこともあるのよ。原爆症というものかしら。手が地面から出て、私をつかもうとする。まっ赤に焼けたトタンが私の上に、倒れかかってくる。私のほかに周囲には、生きている人はいない。そんな夢って、原爆投下直後の光景みたいね。私は投下後、一週間ぐらいして広島市街に入ったのだけど、それは悲惨だったわ。放射能が私にとりついてきたのよ。あなたが、放射線の学校へ行ってるなんて、ふしぎね。なんで、そうなんでしょうか。あなた、説明できるの？」

「俺にも分からんね」

そんな会話が続いた。

3

自衛隊の営外居住というのは、陸曹の場合、隔日制で、火木土日が外泊できる。特別外出証をそのたびに係からもらって外泊するわけである。委託学生の柳田は、駐屯地内にいたほうが勉強になる。学習事項が山積みであった。数学、物理、化学については、十年前の高校時代の復習であった。それに加えて、原子核物理学の問題解答の演習で、夜半の机にかじりついていた。もし、落第した場合は、原隊復帰するわけにはいかないだろう。また浅草の大勝館に戻って、明治大の編入試験でも受けようか。フランス文学も懐しい。いや、そういうわけにはいかない。すでに妻あり。子どもも生まれる。努力だけである。一番気に入らないのは化学である。現像液の作り方。薬品の種類。味もそっけもない学問だ。むしろ、核物理の核反応の計算式のほうが、やりがいがある。英文原書の撮影照射法の本は一番気に入っている。彼はいろいろ悩みながらも、なんとか過ごしていた。

妻の出産を心配して、呉市の母親が宇治に来てくれることになった。柳田の勉強の進行具合も懸念しての配慮だった。柳田は妻に付き添うことは不可能だったからだ。近くの産科院で準備されていた。

小柄で無言な母親の姿を見ると、申し訳なさで彼は気が沈んだ。夕方の京都駅で迎えた。あらためて親族の有難さを感じた。

柳田は四歳の時、実母を失った。病院の地下の特別室で簡単な葬式を行った。母の実家のある千葉県一の宮から、祖母が出かけてきた。愛娘の死は、空しいものに違いなかった。魚屋の父に嫁がせたのが失敗だったと思っていたに違いない。葬儀が終わって、行夫は祖母と共に、淀橋の住居に戻った。父は働きに出かけた。四歳の行夫と祖母だけの寂しい、気の抜けた日であった。

祖母は、行夫を家に残して、千葉へ帰った。

夕方、仕事から帰ってきた父が聞いた。

「おばあさんは、どこへ行ったのかね」

「知らない」と行夫は答えた。

孫ひとり家に放置したまま、祖母は逃げるように千葉へ帰った。父は薄情なおばあさんだと愚痴を言った。

後年、祖母は、ああするしか方法がなかったのではないかと思った。娘は死に、孫を相手に、祖母は何をすればいいのだろうか。この孫を千葉へ連れて行くことも考えられた。父は、いつまでも、祖母を淀橋に留め置くわけにもいかなかったはずだ。「御世話になりました。私たちで何とかやっていきます」と父は早く告げるべきだった。

父に断りもせず、祖母は立ち去った。薄情な祖母だ。父は、いつもそんな回想を繰り返したが、妻の健康管理に手抜かりがあった責任は大きい。柳田は、四歳の時の一瞬の光景が、今、突如としてよみがえってきたのだ。

京子の母の来訪に、その言いようのない有難さを味わっていた。無事な出産こそ、自分の最大の管理義務なのだと思い直した。父は魚屋の仕事に忙殺されていた。柳田もあの時の父と同じように、自衛隊委託生としての任務に忙殺されている。柳田の母は、産後の肥立ちが悪くて亡くなっている。その遠い、小さな思い出が、大きな渦となって彼に迫った。出産は無事に済んだ。逆子で多少苦労したらしい。路上で、いつか転んだのが原因らしかった。

京子の母は、安心して呉市に帰っていった。

柳田三曹は、早速、名を付けることにした。男子だったので、湯川秀樹の「秀樹」を拝領することにした。中間子発見でノーベル賞を受賞した大先生である。

京子がなぜか浮かない顔だった。内心、拒絶していたのかもしれない。気のせいかもしれない。近頃の京子の頭は、錯乱しているようでもあった。

京子の出産は八月。それから二ヵ月後の十月上旬、中村秀夫輸送課長の行方不明事件が起こっている。柳田は、京子が秀の字にこだわった理由について、さして気に留めていなかった。

京都の夏は暑い。八月下旬のセミの鳴き声は激しい。柳田は放射線機器の取扱い実習のため、京大病院や警察病院などで撮影、現像、仕上りの検討で忙しかった。各施設では、母校の先輩卒業生たちが、懇切に指導してくれていた。

柳田は金田啓介という同級生とペアを組んで、実習施設を回って歩いた。金田三曹は、北海道の某駐屯地からの委託学生だった。戦災で両親を亡くし、帰還した伯父と共に戦後、大阪で暮らしていた。金田の名、啓介は、海軍大臣を務めた岡田啓介からとったという。伯父は海兵上がりの某艦長だった。

金田啓介は駐屯地から夜間高校へ通い、そこを無事卒業、陸曹候補生教育隊の後期課程で、東京池尻の自衛隊衛生学校で、柳田と一緒だった。金田三曹は、地底をはうようにして、のし上がってきた男だった。まさに秀才にふさわしい頭脳を持っていた。

「俺の実母も四歳の時に亡くなった。実母の弟が今、外交官だ。ハルビン学院卒でね。ロシア語関連の仕事をしてるらしい」

「それは素晴らしい。仮想敵のソ連相手だ。独裁者スターリンは死んだ。ソ連は宇宙船を飛ばしている」

そんな会話で意気投合して、お互いに夜半の復習をしていた。海兵出身の伯父をもつ金田三曹のリーダーシップも立派だった。学生会長に選出された。伯父が宇治茶を欲しがっているので、買いに行く。一緒に付き合ってくれ。そんな休日外出もしたことがある。

伊勢湾台風の来る十日ほど前のことだった。京子は千葉駐屯地時代の親友の栄養士から、手紙を受け取った。「中村秀夫二佐が、宇治駐屯地へ転属になっているらしい。肺結核も改善されたらしい」という雑談めいた報せだった。

京子は生後一ヵ月の秀樹を抱いて、中村二佐のところへ面会に出かけた。

京子が衛生科陸曹の柳田行夫と結婚して、宇治駐屯地に転居したことは、当時の部隊職員のほとんどが知っていることだった。健康に生まれた男の子を一目見せに行こうと思ったのは、ごく自然のことだった。

京子が、その面会時に、中村二佐と、どんな会話をしたか不明である。京子自身が忘れていた。柳田はその面会の件を、京子から聞いている。看護婦だった京子が、元患者に会うことは、ごく自然なことであった。しかも、日中、短時間に、駐屯地面会所である。

ところが、この面会が、後に重大な案件になったことを柳田は知ることになる。

昭和三十四年十月十日、宇治東警察署に、自衛官行方不明事件捜査本部が立ち上げられた。

捜査課長の発言。

「当該、行方不明者は中村秀夫。職業、自衛隊宇治駐屯地輸送課長、二等陸佐。行方不明場所、奈良県〇〇町、伊勢湾岸壁。状況、伊勢湾台風被害状況視察中。現在までの調査では、安保改定反対同盟の過激派による襲撃が考えられる。拉致、拘束、殺害が予想される。過激派の主張は、かねてより、自衛隊解体、土木工事隊への改組をスローガンとしており、見せしめのため、自衛隊幹部をねらったものと思われる。

各捜査員は、聞き込みを重点に行動してもらいたい。以上」

その頃、宇治駐屯地の宿舎にいた約二十名の放射線学生隊は、桂駐屯地の宿舎に移動が決められ、いっせいに移動していった。放射線学校のある西院に近いためであった。桂駐屯地は、桂離宮の近くにあり、最寄りの京阪電車の駅に近いところにあった。

学生隊は、隊舎二階の総務課隣室にあった。ベッドは二段式で、前よりも手狭になった。総務課長の管理下に置かれた。自習室もあり、宇治駐屯地と比べて、環境としては安定していた。宇治駐屯地は医務室の休養室を利用していたので、患者との接触もあり、勉学に支障があった。

総務課の廊下側の壁には、今回の安保改定の要旨が詳しく書かれた文章が貼られていた。「新安保条約では、旧法の不平等性を解消し、日本の自主性を強化している。旧安保では、米国の日本防衛義務を明示していなかった。片務的だった。米占領軍は日本に駐在するとだけ記されていた。

反対派の主張は、憲法九条に背馳する、世界平和と日本の安全に資することにならない、としている。

新安保では、日本を米国が守ることが明記され、相互協力と日本の自主性が強調されている。

つまり、新安保条約の目的は、日本に対する侵略を抑止し、日本の安全が極東の安全と密接に結びついているという認識のもとに、極東地域すべての平和の維持に寄与するもので、日本が提供する施設・区域の使用目的を『日本国の安全』並びに『極東における国際の平和及び安全の維持』と明示している」

柳田行夫は、ふだんあまり新聞を読まない隊員たちのための教育として書かれたものだろうと思った。

京子は、行夫の宿舎が桂駐屯地へ移ったことによって、行夫がアパートへ帰るのが土日だけになってしまったことに不満だった。生まれたばかりの幼児から、四六時中、眼を離さないで育てていくことの辛さを感じた。洗濯する時、トイレに行く時、物干場に行く時、いつも一緒にいるわけにはいかない。ひとり身での育児は相当気疲れする。幸い、このアパートは、自衛官ばかりの家族で構成されていた。助け合いの気持ちが通じ合っていた。子どものいない家庭もあった。逆に子どもで賑わっている家庭もある。暇をもて余している奥さんもいる。近くに銭湯がある。いつも一緒に出かける仲間ができた。銭湯屋のおかみさんとも親しくなった。赤ん坊を少しの間預けて、入浴することもできた。緊張から解放される瞬間でもあった。

京子は近頃、物忘れが多くなった。いやなことは思い出したくない。戦後、一度結婚したことがある。夫に女ができて、別れた。若い医者に海水浴場で犯された。そんな悪夢を忘れ去ろうとしたが、時々よみがえった。

被爆者だと後ろ指をさされ孤立した。憎しみが湧いた。神も仏も、この世には、いないのだと思った。神社や寺院の近くを通る時、彼女は悪霊に冷然と眺められているような不気味さを味わう。

中村二佐に面会に行った翌日、彼からの贈りものがアパートに届けられた。宝石もあり、指輪があった。亡くなった妻のものだという。妻の遺品のすべてを贈ってきたのだ。出産祝いだと書いてあった。京子は、秘かに鍵のかかる私物箱の中にしまい込んだ。行夫に知られたくないものだった。

京子は無数の猫が枕元の近くを通り過ぎる夢を見た。呉にいた時、飼っていた猫に似ていた。猫は彼女になついた。猫だけが彼女の気持ちを理解してくれると思った。野良猫の墓を庭につくった。その猫たちの霊が、夢に現れたに違いないと思った。

中村二佐は、なんでこんなに贈りものをしてきたのか。理由を知りたかった。かつての看護のお礼なのか。彼女は京都の宿に泊まったことをすっかり忘れていた。面会の時、秀樹の元気な姿を見せながら、彼女は何かをしゃべった。何をしゃべったのか思い出せない。

4

柳田は、宇治のアパートに帰る日が週に一度になったことで、京子に育児の負担が重くのしかかっていることを申し訳なく思っていた。

桂駐屯地から西院の学校までの距離は、約四キロ。それまでは、宇治駐屯地から西院まで二十キロの道程を通学していた。単純計算でも五分の一である。確かに公費節減になる。

千葉から宇治へ引っ越した時、荷物と共に、自転車も送ってきていた。週に一回の帰宅の時、彼は西院の学校が終わると、自転車で宇治まで帰ることにした。中書島駅近くまで来て、宇治へ向かう。二十キロの電車賃の節約である。そして、月曜日の朝、自転車で西院の学校へ登校する。

この通学方法は、家庭経費の節減に月千円ぐらいは寄与したかもしれない。それに、伏見桃山あたりの観光地を、じっくり観て回る効果も生みだした。東寺近くの羅生門通りを走りながら、芥川龍之介の短編を思い出したりした。が、何かしら、空しい気もしていた。

その年の十一月のある日、柳田は土曜日の学業が終わると、四条通りを東に向かって自転車を走らせていた。南座の前を通り、祇園町を通り抜けて、宇治へ向かおうと考えていた。

すると河原町あたりで群衆がたむろしているところに、新聞などで見なれた、はげ頭の男が大声で叫んでいるのに気が引かれた。すぐ、辻政信参議院議員だと分かった。『潜行三千里』の本で有名だ。氏の経歴は詳しく分からないが、戦時中の参謀で有名な軍人だった。

その時、柳田は私服だった。安保問題で世間が騒がしいから、目立たない服装で外出するようにと言われていた。私服といっても、古着店で買った、よれよれの背広である。自転車を降りて、少し離れた場所で眺めることにした。

話の調子では、岸内閣の批判のようだった。安保がらみの話に違いなかった。

丸刈の頭が、印象に残った。声も迫力があった。午後の陽が、初冬の空から降りそそいでいた。戦犯逃れの男が、こぶしをふり上げ、演説している。柳田は、何かしら歴史を感じていた。

柳田は、冬に向かって、このアパート生活は、育児に適さないと思った。手狭な空間で、暖房器具を置く場所もない。電気こたつを持っている家庭はひとつもない。みな仮の宿のつもりでいるのか。そういえば、部隊内の居室にも暖房器具はなかった。京都の冬は寒いけれど、小型のタンスと丸型おぜんがあれば、それで部屋いっぱいだ。せんべい布団が数枚押し入れにある。いずれにせよ、殺風景な部屋だ。

「これから、呉の実家に行きます。子どもにカゼをひかせてしまう恐れもあるし」と京子は言う。

「それがいいと俺も思う」

冬期間は、ずっと呉に行っているという。柳田も勉強重点の生活だから、むしろ、一人暮らしがいいに決まっている。

京都駅まで見送っていった。呉駅に向こうの人が迎えに来てくれるという。

京子は多少疲れぎみの顔をしている。呉に行くと決まると、いかにも嬉しそうだった。

京子は、父からお小遣いをもらっているから、旅費には困らないと言った。中村二佐の贈りものは黙っている。

柳田は、情けないような、安心したような、複雑な気持ちで見送った。子どもの体調は、良さそうだった。

中村秀夫事件は始まったばかりだ。柳田が京子から聞いてるところでは、面会に行ったことで、中村二佐が、何か慌てるような、当惑したような、落ちつかない様子だったという。贈りもののお礼に行かなければ、と思っていた矢先の行方不明事件だった。

もしかすると、警察からの質問があるかもしれないと京子は思っているが、口には出さない。警察は過激派のしわざに違いないと、その方面の聴き込みを進めているらしい。

京子は、呉の実家に向かった。彼女には、事件から逃れるような気持ちもあった。柳田にとっては、千葉部隊では、中村二佐は副大隊長クラスの人であり、患者として医務室に現れた時には、簡単な会話もしている。まんざら、知らない人ではなかった。初冬から桂駐屯地にいるので、宇治での変事から遠ざかっている感じだった。しらみつぶしに聴き込みを始める捜査方針だろうから、いずれにしても、こちらへも来るかもしれないと考える。

京子が、呉の父を呼びに行く際、中村二佐の療養所行きに、途中まで付きそったことも聞いている。

二学期の期末試験は、なぜか好成績だった。ことに、レポートの仕上がりは一番だった。奈良東大寺周辺の風景写真を撮り、現像、定着し、その仕上がりがテストされた。教えられた手順で現像液を作り、薬品を計量して、定着液を作ることは、三人一組で行った。柳田は、この際、奈良時代の政治や美術の勉強も独自で行って、ひそかな満足を得た。つまり、撮影実習に名を借りて、観光もしていた。学校当局も、教養を伴う技術修得をもくろんでいたのだろう。

正月休みに、柳田は宇治のアパートに近い黄檗山萬福寺の研究を試みることにした。研究といっても、ちょっと境内に入ってみるだけのことである。

山門に入る。入場無料らしい。ほかに人影は全くない。観光コースではないらしい。気味が悪いくらい静かだった。開祖は隠元だと読んだことがある。中国風の禅宗の寺だ。十分間ほど境内の玉砂利を踏み、立ち止まっていた。思いつきで、立ち入るような寺ではないようだった。

その時、一人の青年が近付いてきた。

「おはようございます」と頭を下げた。

寺の関係者らしかった。

柳田も恐縮ぎみに、「おはようございます」と頭を下げた。

すると、青年は名刺を取り出して、

「私は、このお寺に勉強しに来ている中学校の教師です。何か、勉強で分からないことでもありましたら、ご連絡ください。急ぎますので失礼します」

と言って立ち去った。

柳田は、あ然とした気持ちで青年の後ろ姿を見送った。

自分はこの寺の門前町の一員には違いない、と思いながら寺を出た。

アパートへ戻りかけていると、顔見知りの三曹が近付いてきた。

「いつも、家内がお世話になっています」

「いや、こちらこそ、ご迷惑をおかけして」と柳田。

「柳田さんは、桂駐屯地へ勤務先が変更になられたそうですね。大変ですね。私も転勤場所が五ヵ所変わりましてね。最初は九州の……」と話し始めた。

「九州ですか」と柳田は、あいづちを打った。

二人はしばらく会話して別れた。

あの三曹は、宇治駐屯地の会計課の隊員だったな、と思い返しながら、妻子のいない部屋へ入った。

柳田は寺の青年がくれた名刺を眺めながら、自分も、あの青年のように教師になろうと思った時期のことを思い返した。色弱であきらめたが、今、放射線技師になろうと勉強している運命の変化を、なんとなく考えた。

それにしても、教職員組合は安保反対で渦巻いていると新聞は報じているのに、あの青年は坐禅修業でもしているのか、禅寺に通っている。世の中は様々だと感じていた。

その頃、柳田は、芥川賞作家の火野葦平が、戦時中に書いた『麦と兵隊』などの戦記物の責任を感じて自殺したことを報道で知った。国威発揚、戦争賛美の作家として、左派系の国民から非難されていたそうである。

柳田は夢を見た。あの中村二佐の行方不明事件のことである。五千人もの死者を出した国家の責任を、彼は一身に感じた。伊勢湾台風は人災である。中村氏は、自殺したに違いない。……一瞬の夢だった。目ざめると、その幻想は消えていた。

その年は、安保改定が是か非かを問う、重大な政治的問題をかかえていた。

柳田個人としては、どちらかと言えば、苦手な微分積分の理解が、まともに進むかどうかの瀬戸際の年であった。

学校当局としても、防衛予算の一部を使って入校させている自衛官学生を、教授法のまずさから落第させてはなるまいという責任感があるはずであった。

岸内閣も、世相のなりゆきによっては、退陣に追い込まれる不安定な状況にあった。

柳田が一番切実に懸念しているのは宗教の問題であった。妻、京子は明らかに宗教拒否の性格である。彼女の父もそうである。その点、柳田の思想は、父ゆずりの仏教観もあり、キリスト教の聖書を何の抵抗感もなく読んでいる。父は最初の妻を亡くした時、法華経に救いを求めた。関東大震災の時、死にそうな状況下にあった。東京空襲でも生きのびた。

父を救ったのは、運かもしれない。偶然かもしれない。父は、そうしたものを仏様のお陰だと思っている。

京子は、原爆症で心身に影響が出ている、ともらしている。そして、世の中には神も仏もないのだ、と断言している。宗教入門書を手にとる気もしないと言う。マルクス主義だ。ところが、そうした社会主義的なものも、読む気もしない。実存主義者だといえば格好がいいが、サルトルもカミュも読んではいない。読書といえば樋口一葉の『たけくらべ』が好きだという。作者が女性だから、という理由らしい。

京子は新派の水谷八重子の話をしたことがある。千葉駐屯地の栄養士の女性が、小学校の同級に八重子の娘がいて、仲がよかったそうである。柳田は演劇のことは全く知らないが、京子が芸能人の名を言ったのは、そのことだけである。

柳田たちの通学する放射線の学校は、昭和二年に開学されたという。全国の医療施設で働く技術者は、ほとんどすべてこの学校の出身者だと言ってよい。旧軍の衛生兵も、東大病院の放射線科も、日赤も、そして自衛隊も、この学校で教育を受けた。京都のこの学校しか、当初はなかったのである。十年ほど前から制度が整備され、学校も増え、国家試験制が導入されて、医療体験者に特例として受験資格が与えられて、多少の変化が生じたが、各地区の放射線技術の指導者は、この学校の出身者が占めていた。

この学校の経営母体のS会社は、分析計測器、医療診断機、航空産業機器、海洋機など日本最大の実力メーカーである。それだけに、この学校の校長の滝田氏は、放射線教育の神様と称されるほどの威厳の持ち主だ。

ある委託自衛官の言葉によれば、朝、登校途中で年配の男性に追い抜かれた。歩行速度もすばらしい。気が付いたら校長先生だったと、恐縮していた。

S会社の始まりは、明治八年という。わが国の進むべき道は、科学立国であるとの理想のもとに発足した。

柳田は、以上のことを調べてみた。

ともかく、この年（昭和三十五年）の委託自衛官たちは、姿形を変えて、古着屋で買った安い私服で、身を隠して、通学していた。

安保改定反対は、米帝国主義に対する闘い、と位置づけられている。ある革新党の書記長が訪中して、北京で「アメリカ帝国主義は日中人民共同の敵」と述べたのが起点らしい。

市街は反対デモ隊で溢れ出していた。

その中にあって、柳田は微分積分の演習問題のノートを抱いて、頭をかかえていた。負けられない勝負であった。理解に多少、光明がさしかかった。

二月に入った。京子は四月になれば宇治へ帰るという。呉市の父母の采配らしい。父母が健在で、その庇護が受けられるのは幸せである。柳田の立場は、夫らしい務めを果たしていない自責の思いがあるが、仕事充実のための特別教育の期間であれば、これもやむを得ないことだった。それに、桂駐屯地と宇治のアパートでは、育児協力もままならない。そんなことで妻子が病気になってしまったら、元も子もなくなってしまう。柳田は、自分の幼い頃を思い返す。父は、生活に行き詰まって、次男の自分を浅草の父の兄の家に預けた。

後年、その浅草見物が縁で、京子と結婚することになった。空襲、疎開、色弱、劇場の雑用係、夜学生——という転機が、現状を生んでいる。

柳田は京子の戦後の彷徨をほとんど問わない。被爆者手帳を持っていることを知っている。京子は原爆投下のアメリカを憎んでいる。柳田は、その放射線というものが、どういうものかを学んでいる。運命の糸かもしれない。とすれば、彼のやることは、当然、その被爆者の介護者になりきることであり、理解者でなければならない。

そんなふうな思いに駆られていた。

三ヵ月間も、人の住まない柳田の部屋。たまには、様子を見ようと思って、数回、彼は休日宇治のアパートへ来てみた。呉市から餅が贈られて来ていて、隣室の方が預かってくれていた。申し訳ありませんと受け取った。開けてみると、ほとんどがカビがはえていて、食べられる状態ではなかった。

数人のなじみの人にあいさつして、不在を謝りながら、雑談をして過ごしたりした。

そんなある日のことである。

宇治警察署の捜査員が二人、柳田の部屋を訪れた。

「ちょっと、お話をお伺いしたいので……」

彼らの質問は、例の中村二佐の行方不明にからむことだった。

部屋の中へ二人を招き入れ、対話することにした。窓は南向きで、電車の線路に近かった。電車の響きが妙に気にかかった。

「柳田さんは、以前、千葉駐屯地におられたそうですね」

と先輩格の刑事が言った。

「ええ」

「それでお伺い致しますが、中村二佐と知り合いでしたか」

「衛生隊員でしたから、中村二佐が患者として医務室に来られました時には、応待程度のことは、ありました」

「奥さんは、看護婦だったそうですね」

「よくご存じですね」

「仕事上、耳に入ったことで、恐縮です」

質問は簡単にすんだ。

捜査員たちが立ち去ると、柳田と親しい陸曹がやって来て、「何かあったのかい」とささやいた。

「いや、別に。大した話じゃない。私が千葉から来たのか、という質問だけだった」と応えた。

柳田は、あとで考え込んだ。中村二佐が行方不明の後で、京子も警察から質問を受けていたような気がする。彼女の場合、伊勢湾台風の一週間ほど前に、中村二佐に面会に行ったらしい。生まれて一ヵ月の秀樹をおぶって行ったという。同じ千葉駐屯地にいた、かつての患者が、宇治に転勤したという情報を得たせいだとか言っていた。

新劇女優の何とかの娘と小学校の同級だったという女性栄養士が、手紙で報せてきたらしい。

京子が面会に行ったのは、結婚して男の子が生まれ、元気に暮らしているということを報せに行ったに違いない。それにしても、間もなくして台風到来。伊勢湾での五千人の住民の死亡。災害状況を視察に行った中村二佐の行方不明事件。確かに慌しい秋であった。

京子の面会が、事件と関係あるのか、柳田は深く考えてはいなかったが、警察から聴取されたことは、妙な気がしないわけではなかった。

京子は呉市の実家に落ちつくと、貴重品入れの小袋から、中村が贈ってくれたものを、たんすの中に移した。ネックレスや指環など、中村の亡妻のものだったという。出産祝いだと言っていた。

倉橋島西宇土の実家には、両親が住んでいる。二歳年下の長男は神戸の会社勤めでいなかったが、四歳年下の次男は、近くに家を建て結婚していて、港で荷役作業をしていた。

宇治の狭いアパートを思い返すと、何か解放されたような感じだった。

西宇土という地区は、生まれて小学校卒業まで過ごしたところであった。小学校の校舎は廃校になっていて、今は、子どもたちは倉橋町に出来た新築の校舎へ通学していた。

昼間は、父と次男は呉市の本町へ出かけていた。父は、戦時中は戦艦大和の製造工員だった。今でも米軍発注の艦船を作っているようだ。

昔、倉橋島の小山の頂上に登って遊んでいた。柱島という島が南方に見えた。軍艦が行儀よく並んでいた。そのうちに山に登ってはいけないと言われた。逮捕されるという。

西宇土に戻ってから、秀樹を連れて、次男の家の風呂に行くようになった。

戦後、もう十五年になった。戦時中は、兵学校のお兄さんたちが西宇土の近くでカッター訓練しているのを、よく見かけたものだった。

先日送った餅は、宇治のアパートへ無事に着いたかしら、と京子は思った。

京子は心の中に、迷走するものを感じ出していた。

それは警察が京子に向かって調査を開始している感じを得たからだった。中村二佐との関係を探っているような本能的な反発であった。中村氏の不利になるような証言は絶対にしてはならない。氏の人格には、旧軍人の尊厳を持ち続けている内質性があると感じた。看護婦として付き添い同伴したことは、すでに警察は調査済みであった。捜査する眼は、そこに男女の関係を見出そうとしている。京都まで一緒だった。京都から氏は静養先へ向かった、ということを京子は断言しなければと思った。

それは同時に、夫の自尊心を傷つけないことになる。行夫は何かを感じているかもしれない。彼は寛容という宗教的理念を持っている。原爆のせいで判断力は悪くなっていると京子自身は己の状態を認識しているが、中村氏に迷惑をかけるような発言はしてはならない、と意識した。途中、京都でホテルに泊まったとか、別室だったとか、そんなことは口がさけても言うものではない。

中村二佐への面会は、あくまでも、生まれたばかりの赤ん坊を見せに行ったに過ぎない。昔の知り合いの人に。それだけで、十分説明はなされているではないか、と思った。

柳田は、結婚当初から、自分たち夫妻の間には、何かしら不透明な壁を感じていた。が、京子の人生に関する彼女自身の考え方は、柳田との生活が進むにつれて、変わっていくかもしれないと思っている。京子には隠し事がたくさんありそうだった。戦後の混乱を生き抜いてきた者は、多かれ少なかれ、他者に知られたくないことがあるのは当然だろう。ある哲学者は、所詮、この世界は無であり、宗教など人間の気休めに過ぎないと言っている。宗教は祈りによって苦しみを除去したいという願望の形かもしれない。京子たち一族は、本当に無信仰なのだろうか。絶望の瞬間、人はワラをもつかむ気持ちになるものだ。柳田は、細かいことを、あれこれ詮索する気持ちはない。詮索する心は闇へ向かわせることであり、光から遠ざかってしまうことになると思っている。

5

ところで、日本で最大の軍港の街、呉市は、昭和二十年三月十九日の呉軍港空襲を皮切りに、八月十一日までに合計六十二回の空襲に見舞われたと記録されている。十九日の初空襲では、米機動部隊の艦上機延べ三百五十機が来襲。呉港に碇泊している空母二艦、呉工廠、兵学校などが銃撃された。終戦までに市民約三千七百人が犠牲になった。

女学生であった京子たちは、ともかく生き延びたが、女子挺身隊員百五十人の死亡が報じられた。

広島被爆地への救援で二次被爆者となった京子の戦後は、差別と偏見の渦の中での暮らしだった。広島、長崎への原爆投下によって、二十一万人の即死者を出した。徹底抗戦の姿勢を崩さぬ日本を早く終戦に導くための手段だったと米国は言うが、専門家たちの意見によれば、核の威力を世界に見せつけるためであるとされている。昭和二十四年にはソ連が核実験に成功し、米国の優位がゆらぎ始めた。

冬から春へ向かっていた。年度末の試験は順調にこなした。宇治のアパートから解放されて、頭脳のほうは学習に付いていった。

しかし、なんとなく重苦しい気分だ。刑事と対話してから、嫌な感じが残り続けた。行方不明になっている中村二佐とは、全く関係ない。ちょっと顔見知りに過ぎない。が、京子は看護婦として中村氏と関わりがあることは事実だ。それも、もう一年も前のことだ。なぜ京子は面会なんかに行ったのだろうか。生まれて一ヵ月の秀樹を見せに行ったと話していた。最近、柳田は中村氏の名前が「秀夫」なのに気が付いた。有名な理学者の名を拝借して付けることにしたのは柳田だった。憂うつなのは、乗り慣れた自転車の車体軸が折れて、廃棄処分にしたこと。宇治のアパート通いで無理をしたせいか、さすがに乗り慣れた自転車ともお別れであった。

彼は、高校を卒業して、義理ある継母と別れて、上京した時のことを思い出す。アルバイトで馴染んだ郵便局の仕事とも別れた。夜間、電報配達で、泊まり込んで過ごしたところだ。そのまま、正式の郵便局員になればいいのに、と勧められたのをふり切っての上京だった。

浅草の国際劇場隣りの山口婆さんの部屋に押しかけて同居し、夜間大学に通いだした頃の、行き当たりばったりの勇気がありそうで、不安ばかりの盛り場の生活。

隣の踊り子らしい若い女性が、山口婆さんに、あの子、よさそうじゃないの、婆さんの用心棒になるわよ、とささやいていた。支配人と気心の通じている婆さんの口ききで大勝館に勤めだしたものの、客数の多いのに圧倒された。日給月給制で、手当は悪くなかったが、雰囲気がよくない。仕事は単純な場内掃除と売店の売り子。仕事にも馴れてきた。夕方、駿河台の大学へ行くため学生服に着換えると、「あんた学校で、何の勉強しているの？」と若い娘が聞く。フランス文学だ、と答える。

「そのうちに隣りの劇場で、脚本でも書くつもりなの？」

「分からない」と柳田は答える。

隣はストリップ劇場だ。最近、永井荷風という作家が文化勲章をもらって、踊り子たちに囲まれた写真が新聞に大きく報じられていた。雰囲気が悪いので、そのうちによそへ移ろうと思っているうちに二年を過ごした。

国立の教育学部をめざしていた柳田は、色弱は不適だということで、明大の夜間生に転じたが、日常生活では何の支障もないのに……と、根強い反感があった。彼は高校での進路指導で、色弱者に対して十分な説明をしていない事実に反感を覚えた。

明大の思い出は走馬灯のようだ。中村光夫という人の文庫本を読んで、明大教授だと知って、明大に入ったが、当初は、フランス文学科で学びながら、英語の教師免状をとろうかと考えていた。新入生歓迎会があった。フランス文学科だけの集まりだったので二十人くらいだった。柳田は、なぜか司会役の席に座らされた。まさか、中村光夫その人が目前にいるとは思わなかったが、木庭という名が本名で、中村光夫というのはペンネームだと知らされた。

木庭先生は会話の中で、

「フランスに行くには、外務書記生という試験に合格すれば、すぐ行けるよ」

と、いとも簡単に、体験談めいたことを言われた。「私の叔父は、ハルピン学院卒で、その試験に合格して、外務省に入っています」と柳田はすぐに発言した。

「そうか」と先生は、いかにも同感したような表情だった。

柳田が長野県の高校一年生頃に読んだ『風俗小説論』という文庫本で氏の経歴を知っているだけで、文芸批評家として代表的な文学者だとは知らなかった。当時、氏は四十歳ぐらいだったろう。

色弱は警察官にもなれない、と聞いていた。

血のメーデー事件が起こったのは、昭和二十七年五月一日のことだった。皇居外苑で、デモ隊と警察部隊が激しく衝突し、警察側は八百人強の負傷者が出たという。

その記事を読んだ時、警察官になれない自分は、よかったのだと感じた。日米安全保障条約が発効した直後の騒乱だった。

あれから八年になる。今、柳田は、安保改定反対の騒ぎの世相の中にいる。色弱可として入隊した自衛隊の放射線学生として。その間、駐屯地近くの短大英文科を卒業して、英語教師の免許も得ていた。世の中は人間の運命をどんどん動かしている。

三月のある日曜日、柳田は、桂駐屯地の医務室の隊員たちと交流するため、対話の機会を持った。同年くらいのある隊員が、京都の同志社大学をこの三月に卒業する予定だと聞いた。同志社大学は関西でも相当レベルの高い大学である。この隊員は、六年間も一般兵卒のまま、つまり陸曹試験も受けずに、衛生業務を続けていたという。転属もなく、編替えもなく、ずっとここに居続けた。その間、辛うじて四年、同志社大の単位を取り、ついに卒業にこぎつけた。

卒業したら地元に戻り、高校の教師になる手筈もついているという。経済学部卒で、社会科の教師になるらしい。彼にとっては、自衛隊は完全にアルバイト先であった。

当時は、海外派兵もなく、専守防衛そのものの自衛隊だった。柳田もその部類に属している。

柳田は、同志社大学は私学の雄であり、キリスト教系の大学だということを知っている。千葉の小さな短大卒だと自己紹介するのは、伏せていた。

柳田は、短大卒の同窓の一人が、除隊してブラジル移住するというので、送別会をしたことを思い出した。その後、どうしているかなと思った。米国留学帰りで、本格的な英語をしゃべっていた森山三佐は、短大に聴講生として時々顔を出していた。彼は、やがては、高射特科の陸将になるに違いないと思ったりした。

国会では、「極東の範囲」について論争が交わされていた。安保改定の日程も迫っているようである。

6

その頃、宇治東警察署の捜査課長は、ある情報の整理をしていた。

様々な情報の中で、中村秀夫二佐の、かつての小学校時代の同級生、田内三郎が浮かび上がった。

田内は現在、大阪で建設会社を営んでいる。信用金庫との取引きも活発である。その信用金庫の理事長のM氏は、ある私大法学部卒業後、大蔵省財務局課長を経て、信用金庫へ横すべりした人物であった。

田内は戦後のどさくさ期に闇物資の取引きで財をなしたと言われていた。田内の仕事仲間に、中村秀夫の存在があった。田内と中村二佐のつながりが解明の糸口かもしれないと捜査課長は思った。

田内と中村は親友だという。過去は親友だったかもしれないが、現在までその親交は続いていたのだろうか。中村はエリートとして、陸士合格。陸大を出て、南方戦線を生きのびてきた。

聞き込みでは、最近、田内建設の社長は中村と出会っていたという。旧知の交流に過ぎなかったのか。

田内は多角経営に乗り出している。公職にある中村が、利害関係を持つ点があるとすれば、何であろうか。単なるあいさつだろうか。

田内の傘下の労組には、安保改定反対運動のデモ隊指導者も少なからずいるという。京都市の河原町四条通りでは、最近、デモ隊の動きが激しくなっていた。東京の国会議事堂へのデモに呼応して、改定反対の意志表示を大々的に展開していた。その中に田内建設の労働者も含まれているらしい。それは労働組合連合の合同デモで当然の動きかもしれない。しかし、田内自身は保守系の社長である。国家財政を握る金融機関に反動を示すわけにはいかないからだ。

報告書によれば刑事AとBの二人は、田内建設の応接間に通された。そこで、田内社長はこう言った。

「中村氏とは雑談をしました。その話の中で、あの人は、『自衛官の営外居住のための宿舎が不足で困っている。民家の一部屋を借りたりしてやっと暮らしている。あなたの住宅増設計画でもあったら、駐屯地近くにアパートでも作ってやったら、さぞ隊員たちは喜ぶでしょう』と話していました。私はなるほどと答えておきました」

これはごく普通の話題だ。部下を思いやる心情に溢れている。そのように捜査課長は判断していた。

社員にも、不穏な動きはないらしい。がさらに、田内氏の周辺調査を続けると報告されていた。

すでにフィリピン戦線記録は多数公刊されていた。課長の眼にした記録の中では、マッカーサー上陸部隊二十五万人が艦艇総数七百三十四隻で、レイテ島東方に集結した。昭和十九年十月十九日、日本は「捷一号作戦」を発動した。マッカーサーは、フィリピン人に「私は帰って来た。私の下に団結せよ」と訴えた。日本の艦隊には、戦艦「大和」「武蔵」が含まれていた。「武蔵」はシブヤン海に沈んだ。大西統括部中将は、空母に体当りする神風特別攻撃隊の編成を命じた。フィリピン戦線だけでも約五十万人の日本軍が死亡したとされている。

柳田行夫も、その頃の戦史には目を通している。彼の出た長野県のN校の先輩である栗林忠道中将は、硫黄島で、陸軍約一万五千人と海軍約七千五百人を指揮して、昭和二十年二月十九日、米軍約七万人の上陸を迎え撃った。栗林中将は三月二十六日、自決した。柳田は高校生の頃、松代にある将軍の墓に感激の思いを抱き墓参していた。

柳田の実母の弟で戦後、外交官になったR氏も、ルソンの生き残りだった。

京子は、また宇治のアパートへ戻る時を迎えていた。四月に入ったら、行くことに決めていた。六十年安保闘争が最高潮を迎える時期である。父から厳しく言われていた。たとえ、宇治の生活が気に入らなくても、妻である限り行くことだ。週に一回しか夫がアパートへ帰って来なくても、アパートの部屋は、お前の守備すべき城である。戦時中の苦しい時を思い返せ。敵の飛行機が飛んでくるわけでもない。聞けばアパートの住人は、自衛隊の家族ばかりじゃないか。みんな親切にしてくれている。柳田は特別任務で家を離れている。お前は、現状だけを見ている。未来を考えろ、と反省をうながす。

そして、父は提案した。弟夫婦に、京子と共に宇治へ行けと。そのついでに、京都見物をしてこい。お前ら夫婦は、観光旅行もしたことがないではないか。呉市だけが日本ではない。第一、新婚旅行もなかった。子どもたちのめんどうは老父母がみてやるから、ついでに京子を宇治へ送り届けてやれ、ということになったのである。

京子は秀樹を抱き、弟夫婦は旅行鞄を持ち、多少きれいな服装をして、列車に乗り込んだ。

弟の妻は胸の中で計算した。この観光で使う費用は大したことはない。宿泊代は無料。食料はアンパン。観光バス代は二人分、それだけはかかるが、仕方がない。二泊くらいして帰ろう。でも、京都観光の仕方が分からない。うちのだんなは全くの方向音痴だ。頼りにならない。京子に相談すると、京子もまともに京都見物をしたことがないと言う。平等院というところへ行夫と一緒に行ったが、少しも面白くなかった。銀閣寺とか金閣寺とかは有名らしいから、せめてそこだけは見ておくといい。駅前に案内所があるから、どうにかなるかもしれないと言う。

柳田行夫は、久しぶりに会った秀樹がすごく大きくなったのに驚いた。一瞬、ある歌手の「赤城の子守唄」を思い浮かべた。彼の幼い頃によく聞いた歌だった。母を亡くした頃、街のはやり歌だった。赤城山と言えば、群馬県の新町の陸曹教育隊での猛訓練を思い出す。利根川の河川敷のほふく前進。相馬原の実弾射撃。雨の中の重装備での夜間行進。そして四歳の時の思い出へ。病院の窓ぎわで泣き叫ぶ。父の怒りの顔。今、彼は涙ぐむ。

弟夫婦の観光地めぐりは順調らしかった。

弟の妻は、地図を拡げて、私たちは、こういうふうに回ったのよと説明した。港で荷役仕事をしている弟は、日本史について全く知識はなかったが、仏像にはいろんな顔があり、人間の心を表していると案内係の話を受け売りした。妻は平安神宮の赤色と桜の色がきれいだったと言った。秋になったら、また来たい。今度は奈良に行きたい。食事はアンパンで十分だと妻は苦笑した。

「柳田さんとは、初対面だった。あんたの態度は、亭主いじめみたいで気の毒に思えた。もっと、やさしい言葉をつかいなさい。それにしても、一週間に一回帰るなんて、秀樹の世話が大変ね。よく分かるわ」と妻は言った。

京子は弟夫婦が帰ると、ふっと我に返ったような、緊張感から解放された。こんな狭い部屋に、よく暮らしているなと軽蔑されている気持ちもあったが、なぜ自衛官となんか結婚したのか、昔の軍人と同じではないか、いつ亭主たちは戦争に駆り出されるか分からない。安保反対と世間で騒いでいるのは、アメリカの軍事力に巻き込まれそうなので国民が心配しているからだ、という顔をしているように思えてならなかった。

アパートの奥さんたちが、相変らず親しげに様子を見に立ち寄ってくれた。銭湯にも一緒に行って、何かと助けてくれる。自衛官の妻たちのよしみであった。

ある日曜日の午後、柳田は京子から、「銭湯の奥さんが、あなたも呼んで集会を開きたいと言っているの。母家は銭湯のすぐ近くで御主人もいるんですが、ご主人は湯を沸かす仕事であまり顔を出せないけど、奥さんが司会役で何かお話しなさるの。いつも銭湯でお世話になっているので、たまにはあなたも皆さんに、お礼を言ってあげなくちゃあね」と、女性たちの集まりの会へ誘われた。

「いつも、お世話になります。ありがとうございます」

柳田は、恐る恐る母家へ入っていった。

銭湯の奥さんとは、柳田は時々顔を合わせているので、気安い気持ちだったが、ご主人と会うのは初めてだった。

「どうも、よろしくお願いします」と柳田は頭を下げた。

ご主人は低姿勢で、にこりとほほえんだ。日焼けした農夫のような顔を、照れ臭さそうにしていた。

「よく、いらっしゃいました。せっかくのお休みの日なのに、おいで下さりまして申し訳ありません」と小声で言った。

集会に参加したのは十人近かった。なんの集会か柳田は分からなかったが、すぐ、ある宗教団体の座談会だと分かった。

銭湯の奥さんは話しだした。

「私はこの地区の役員を命じられました。この会は、日蓮のお教えを布教することだと教えられました。私は小学校しか出ていません。ですから、私の説明の足りないところは、皆さんが補ってください。皆さんの中で、日蓮という名を聞いた方がおられますか？」

皆、沈黙している。遠慮しているらしい。

「あの、柳田さんは、いかがですか」と指名されてしまった。

「はい、聞いたことはありますが、学校の歴史の本にありましたが、詳しく調べたことはありません」と答えた。

「日蓮という人は、千葉県の南にある漁村で生まれました。小湊には誕生寺というお寺があります」

柳田は、思わず発言した。

「私の母は、長生郡睦沢町の生まれです」

「そうですか。日蓮さまと近いところでございますね。当時は、一族だったかもしれませんね」

話はなぜか柳田を中心に動きだしていた。

いつの間にか、柳田は、父が戦前から法華経の信者で、朝夕読経していたことや、長野県のある村で、世話役のような役目をしていたことなどを話した。

「私は、学校やアルバイト生活に追われて、父と歩調を合わせていませんでしたので、信仰のことは全く分かりません」

それにしても、日蓮と近い村に関係があると話したことが何か重い心を与えてしまったことに閉口していた。

銭湯の奥さんは、本日の御書の説明割り当ては、『立正安国論』の一節だとか言って、語りだした。この世の中が平和であることが何よりも必要であり、南無妙法蓮華経という題目を唱えることが大切だと話した。

アパートへ戻ると、京子は、あなたは意外におしゃべりだと不満そうだった。

京子はその後も続けて集会に出席していた。銭湯の奥さんの顔を立ててあげる、という気持ちもあったし、日頃の感謝の気持ちもあった。御書の内容はほとんど理解できなかったが、奥さんの熱意は伝わってきた。

本来、宗教の布教は、経典の解釈と、その納得にあるようだが、京子の場合は、人と人との触れ合いの積み重ねだったかもしれない。

無宗教だという父の姿に影響されて、無宗教も一つの人間の生き方だと決めていたが、人間は弱い者であり、神仏に助けを求めるのは当たり前だと思うようになってきた。

彼女の頭脳の中に固まっていたものが、溶け始めたのだ。記憶が少しずつ、よみがえってきた。呉市にいた頃のことだ。資産家の息子と結婚した。入籍する前に夫の不誠実を知り、逃げ出した。若い医師による陵辱《りょうじょく》と憎悪、そして、中村氏との看護同伴の旅。あの夜、ホテルで熟睡していた彼女は、中村氏と接触した。幻想的な追想だが、確かなものだった。しかも、決して口外すべき筋のものではないと心に誓っていた。それは彼女の妊娠とはつながらないと思っている。生まれた秀樹はＢ型であり、柳田もＢ型、彼女はＯ型である。日々成長する子どもの顔は、柳田に似て丸型だ。

ＤＮＡによる遺伝子解析は、まだ十分機能していない時期だったが、詳細については夫に話していない。夫は子どもに秀樹と名付けた。中村秀夫の「秀」が付けられた。夫は平然と、中間子発見者の名前を借用したと言った。夫は、何かを感付いていたのか。

生後一ヵ月の秀樹を連れて、中村氏と面会した。あの時、彼女は何をしゃべったか定かでない。転勤に伴う住居探しに苦労したと話したことは覚えている。

数週間後の伊勢湾台風。その後の中村氏の行方不明事件。岩壁からの墜落死が濃厚な結着のようであった。

彼女は今、霊魂について考えている。銭湯の奥さんの話によると、霊魂不滅という考え方があるという。人は、科学的でないというが、宗教的概念として定着している。

霊魂は五感的な感覚による認識を超えて永遠に存在する。死者を思い浮かべる時、その人の心の中に、死者の霊は宿っている。それが宗教心というものだ。

お題目は、その霊との交信だという。

京子は運命の開花のようなものをひそかに感じ始めていた。

柳田たち放射線学生は、六月十五日の警官隊とデモ隊の衝突の様子をテレビで見ていた。改定の内容は、ほぼ知っていた。改悪とは言い難いと思っていた。連日のように国会はデモ参加者によって幾重にも取り巻かれていた。

銭湯の奥さんの集会がS会の末端組織だと分かり、多数の元気のいい青年たちの大会のグラビア写真が、柳田の手元に送られてきた。宇治の役員からだった。

「きみ、S会に入ったのかね」と友人に聞かれた。

「まだ入会手続きはしてない。集会に行く時間もない」と答えた。

S会は、反安保のデモは行なっていなかったという。

東大生・樺美智子の死亡、岸首相の辞任がこの年にあった。

　ある土曜日の午後、柳田は宇治に向かって電車に乗っていた。そして偶然、西宮の公舎住まいの国鉄管理局次長の本田氏夫妻に車中で会った。呉市の京子の父から頼まれて、宇治のアパート暮らしの娘の様子を見に行ってくれと言われたらしかった。引っ越しの時に、大変世話になった親類筋である。

　その日、柳田は本田氏と以下のような会話をした。

「私の叔父はハルピン学院へ行き、関東軍へ入り、フィリピン戦線で戦い、辛うじて生き残って帰還しました。叔父は小学生の時から千葉県のあるお寺へ奉公し、中学を卒業して、やがては僧侶の跡継ぎになるつもりだったそうです。貧農の三男坊だったのです。ところが、戦局多事、ハルピン学院生になりロシア語を学んだのです。外交官になったのは予想外の人生だったわけです。

　一方、私の五歳年上の兄は、昭和十八年九月、満蒙開拓義勇隊員として、北満の嫩江《のんこう》へやられたそうです。その冬に、凍傷者続出で十四人の同僚が死亡しました。昭和十九年春、牡丹江《ぼたんこう》へ移動しました。関東軍は南方の島々へ移動し始めていました。兄たち中隊の半数が、関東軍の不在の基地警備要員として派遣されました。南の錦州方面でした。ソ連侵攻で、牡丹江の駐屯地にいた仲間はほとんど犠牲になってしまったそうです。兄は昭和二十一年秋に帰国しました。

その後、国内を転々として暮らし、昭和二十四年に、現在の茨城県那珂町に入植しました。そのあたりには未開拓の荒地がありまして、山林伐採をして農地にしました。長野県が募集した引き揚げ者対策の十人ほどの男たちのグループでした。二町歩ほどの地主になりました。水田に転換したり、養鶏をしたりして暮らしていましたが、同じ満州引揚者家族の娘と結婚したのが、入植後四年目ぐらいの時でした。

近くの東海村に発電用原子炉ができるというので、その用地整備の仕事によって現金収入を得たりしました。

戦後、入植者では、場所などで成功したほうでしょう。

父は長野県の篠ノ井というところに住んでいます。東京空襲で一文無しの疎開者でした。後妻の実家の離れに住んで暮らしています。鶏卵の仲買人のような仕事をしたりしていました。現在は、町でも有力な鉄工品製造会社の警備員をしています」

本田氏は、

「私も北満にいて、ソ連を迎え撃った部隊にいました。シベリア抑留組になりました。大陸の寒冷地生活は、お兄さんと同じですね」

と言った。本田氏には、親族は全くないらしい。戦災による被害のせいだろう。大阪の一流大学の電気科出身だという。国鉄の管理局の中の電気工事の統括責任者として全国を走り回っているらしかった。

京子は叔母から、小声で激しい質問を受けた。

「あんたみたいな、いいかげんな女と、柳田さんがよく結婚したわね」という調子であった。

「柳田さんにも、人に言えない苦しい事情があったのかしら」

「そういうことはないらしいわ。明治大学に通っていて、学費不足とか通学時間の不足とかで、給与のいい自衛隊に入ったと言っていたわ。駐屯地近くの短大の夜間に通って、英文科を正式に卒業しているの。あとは通信教育でも受けて、四年生の大卒になるつもりだと話していたわ。放射線委託学生の選抜に合格して、学費国家持ちになれたわけです。彼にとっては、予想外の進展でしょうね。放射線技師の資格をとって、どこへ配属になるか、それは分からないわ。北海道へでも行くようになったら、私は考えちゃうけど」

「あんた体調はどうなの。原爆症のほうは？」

「時々ふらついたり、忘れたり、いらいらしたり……。でも、近頃は、なんとか、やっているわ。柳田は桂のほうにいて、週に一回帰ってくるでしょう。育児の神経疲れは、相当出ているわ」

「そうね。顔色はあまりよくないわね」

「このアパートの狭さが息苦しいのよ。個室に閉じ込められたみたいでしょう。中書島あたりには立派なアパートはあるけれど、家賃は高いし、五千円もするのよ。一万円の月給でどうやって支払えるのよ。それに赤ん坊持ちはお断りなんてところばかりなのよ」

「もう少しの辛抱ね」

こんな調子の会話をして、ともかく本田夫婦は帰って行った。

7

昭和三十五年という年は、後に一年間をふり返ってみても、世相的にも大きな出来事が起きている。

先に書いたように、一月、火野葦平氏の自殺。六月、樺美智子氏の事故死。七月、岸信介氏への暴漢襲撃。十月、浅沼稲次郎氏の右翼少年による刺殺。様々な事件や事故が起こっていた。

その年の夏、京子と秀樹は呉市の実家へ帰り、静養することになった。柳田は、放射線技術の実習のため、京大病院などをめぐって医療現場体験をする。

実習体験が八月から始まった。人体撮影の基本は、患者の体位調整である。模型の人体がある。頭部から足首まで、指示通りの体位にする。何度も繰り返す。そして、撮影条件の設定に入る。電圧、電流、秒の決定。照射スイッチを押す。精巧に作られた模型人体は、指示通りの映像写真になっているか確認する。そして、実際に技師の動きを見つめる。被写体となる患者の肉付きによって、電圧などの微妙な高低がある。学生たちは、決して照射機材には触れない。眼で理解する。実際の照射は模型人体で十分である。そんな具合で、実際の撮影室を回って行く。

ある時、柳田は眼科の医師から、色覚異常について説明を受ける機会を得た。

話を聞いていると、眼科学の奥の深さに驚かされた。世界の学会では、ヒトだけでなく、動物実験を行い、各動物の色彩受容の様子を調べて、相当の研究成果をあげているという。

色弱という表現も適切ではなく、色覚異常というのが正しい。病気ではなく特性であり、社会はそのことで差別すべきでなく、むしろ、異常さにも程度の差がありいかに日常生活と取り組むべきか、ということが今後の研究のテーマであるという。すでに、色覚異常差別撤回運動も起きている。理科系大学や医学部では、入試制限を撤廃しているところもある。医学部志望の学生の中には、自分の色覚を研究テーマにしたいと申し出ている者もあったという。

「石原色覚検査表」だけで判別せず、個々の場合の差異も検討すべきであり、義務教育の場に適さないという一つの観念で、すべての異常者を排除するのは問題がある。あのゴッホやターナーのような有名な画家も、色覚異常ではないかと言われている。人間の個性を伸ばしていく際、一つの検査表によって進路を阻害してしまうのも問題であるという。

実際には、鉄道、航空関係や警察や医療部分で、厳密に排除対象にしているところも多い。しかし、今や遺伝子工学の発達はめざましく、社会もそれに対応していくべきであり、旧来の偏見をなくして、柔軟な、むしろ積極的な検討を加えるべきである。自衛隊が入隊可と判断に踏み切っているのは、その表れだと思う。

しかも、先天色覚異常は、日本人男性の二十人に一人（五％）がおり、女性は五百人に一人（〇・二％）だ。男性を異常だと言って排除してしまったら、まさに国防力の欠如になる。国防力は、戸締りのように必要不可欠だと常識人は認識している。戦争を起こさせないこと、それが平和というものだ。それが、この医師から自衛官である柳田への言葉であった。

柳田は、この本は参考になるから読んでおきたまえと言われて、難しそうな専門書を貸してもらった。

彼はその中で、気に入ったところを転記した。

「色を識別するための錐体細胞というものがある。その細胞には、次の三種類がある。L—錐体（赤色を感じる）、M—錐体（緑色を感じる）、S—錐体（青色を感じる）。それぞれの錐体細胞が光を感知して、視覚中枢へ伝える。

色覚異常には、先天色覚異常と後天色覚異常とがある。先天といわれるものは、遺伝的なもので、生まれつきのものである。治療して治るものではない。

後天といわれるものは、加齢により異常を呈するもので、高齢者に多い。

錐体細胞は、大脳皮質に存在する投射型興奮性細胞である。細胞は錐形で、脳表面に向かう尖端樹状突起と、細胞体近辺に伸びる基底樹状突起に棘突起が豊富に分布している」

彼は、このあたりまで書いて、あとは何のことやら分からなくなり、筆を止めた。

八月は原爆投下の月である。

柳田は、その禁止運動の様相を新聞で読んでいた。

「原水協」と「原水禁」の二つの運動の流れを知った。「原水協」というのは、原水爆禁止協議会の略称。昭和二十九年、ビキニ水爆実験で、第五福竜丸が被災した事件をきっかけに起こった禁止署名運動が全国的に発展して出来た団体である。「原水禁」というのは、「原水協」が分裂して出来た原水爆禁止日本国民会議の略称であるという。後者の主導者は、社会党・総評系だという。どうして分裂したのかよく分からなかった。

八月下旬、京子の父から手紙が届いた。京子の具合が少しよくないので市立病院に入院させることにしたという。

村回りの医師の診断では、貧血気味で食欲がないので、入院して食事療法をしたという。医師は、原爆症にみられる血液の異常もあると診断。不眠、倦怠感、白血球・赤血球の減少、頭痛。しかし、医師は大事には至らない。心配するほどでもないと言う。病院の適切な食事をとるのが一番いい、という医師のすすめ。

柳田行夫は重苦しい思いに迫られた。京子は一見、出しゃばりのところがあるが、本当は気の弱い女だと思う。洞察力は、正常だとは言い難い。石橋をたたいて渡るような注意に欠ける。あとで後悔する。実に単純な性格だ。自我が強いが、その場限りで、あとはおとなしくする。よくある出しゃばり女だ。妻としては、夫の代わりに自発的に行動するようなところが、柳田の消極性の一面を補っている。

彼は、健康で、大きな病気さえなければ、それに越したことはないと思っていた。彼は四歳の時、実母を亡くした。ばかでも、いいかげんでも、妻に死なれては万事休す、である。

彼は銭湯の奥さんの顔を思い浮かべた。京子はあの老女、五十代ぐらいだろうが、あのおばさんに助けられている。秀樹の入浴やら、気分転換の愚痴話の相手になって、母親がわりになってくれる。田舎暮らしそのものの女性に安心感を得て、暮らしてきたに違いなかった。S会の座談会へ行っても、入会を強制されてもいないのに、京子は信者の一人になりきっていた。宗教なんて嫌いだよ、といつも言っていた妻の変わりようは、どうしたことかと柳田はあきれるが、あそこには宗教という形以外の人情がある。あの宗教は、当初は、旧宗教を邪教だと決めつけ、日蓮の御書の文章をとり出して、論争する気味の悪い新興宗教だと世評を受けているが、支持者の中には、邪教と他宗を決めつけるよりも、共に教義を再検討していきましょうという姿勢に替えたほうがいいという意見も出ていた。最近は政界に乗り出して、国会議員を数人出している。庶民の気持ちを政府に訴えるには、選挙が一番効果的だと言っている。

呉の弟夫婦が来た時も、いろいろ話し相手になってくれた。あのおばさんには、また会いたいと言う。銭湯の家業が、近隣の人たちのサービス業だと言えばそれまでだが、柳田も「是非、集会の時には顔を出してね。あなたは日蓮さまの生まれた千葉の里、昔の一族のような人よ。わたしらよりも、日蓮の話は詳しいでしょう。今度は、あなたの知っている歴史の話を聞かせてもらいたいわ」と老女は言っていた。

自衛隊学生仲間で一番仲のいい金田啓介が、柳田にS会のことを話してくれた。金田は批判的にS会について調べているようだった。

「あの宗教は、日蓮宗の一派の、ある寺の在家宗教で、その寺の檀家に過ぎない。それなのに、独立した一派のようにふるまっている。宗教が政治に手を出すと、ろくでもない状態になる。しかし、現在、青年たちはS会の魅力にとりつかれている。保守でもなく、革新でもなく、中道だという。第三文明として、庶民の中に入り込んでいる。自衛官という立場でみると、なんとなく近寄り難いものがある。憲法九条護持の平和主義が基本姿勢だから、自民党の改正主義とは相入れないものがある。注意したほうがいいと思う」

金田の考えは、マスコミの論調と一致している。柳田も同じ気持ちである。入信する気持ちはない。桂駐屯地の柳田のところへ、時々送られてくるS会情報誌は、喜んで手にとり読みふけるわけではないが、原水爆反対の記事などは、関心を持って読まざるを得ないものだった。

八月も終わる頃、柳田は宇治のアパートの管理状態を見ながら、銭湯の奥さん主催の集会に顔を出した。日蓮様のお言葉を聴くことも、この際必要だと感じていた。『立正安国論』については、歴史の勉強の時、多少は知っていたが、本文は読んだことはない。今回は、その話も聞けるようだった。専門の指導者が来るという。

「遠いところを、よくいらっしゃいました」と奥さんは言った。

高校の先生らしい男が、話しだした。

「自界叛逆難と他国侵逼難については、要するに、国内のもめごとが絶え間なく起こっているのを、協力して治めようという注意ですね。もう一つは、外国の侵略について、防護するように、という意味です。今日の世相も、全く日蓮様の言うように、もめていまして、自民党と社会党の対立は、その例でしょう。安保改定反対で、街はごったがえしていましたね。ソ連や中国は、日本にとっては仮想敵国に当たります。戦争にならないようにしなければなりません。資本主義対共産主義の戦いが、潜在的に始まっているわけです。日蓮様は蒙古襲来を予言したことで有名ですが、時の北条政権は、軽く見ていました。どんなに蒙古が大勢力かを調べていませんでした。昭和十六年十二月八日の日本も、アメリカの強さを認識していませんでした。戦争は弱い者が負けるに決まっています。いざ負けそうになると、どうしてよいやらあたふたしていました。ソ連に仲介をお願いしようとしていました。ソ連は、日本に侵攻する用意をしているのに、どうして日本政府は、そんな気になったのでしょうか。情報の欠如ですね……」

講師は、戦時中の苦労話や戦後生活の混乱について、雑談的に話を進めていた。それに合わせるように、参席者も思い思いに体験談を話し始めた。

柳田も、その雑談的な雰囲気に合わせるように話しだした。

「私は戦時中、山梨県の父の出身地に疎開しました。そこは黒駒村と言いまして、勝沼駅に近いところです。御坂峠の国道が走っていました。B29という爆撃機が一万メートルの上空を東京へ向かって飛んでいるのを毎日のように見上げていました。

問題は、その御坂峠のことです。昔、日蓮様は、この峠道を通ったかもしれないと思ったことがあります。日蓮様がお亡くなりになったのは、池上の地だということです。今、池上本門寺が臨終の地とされています。山梨県の身延というところから、常陸の国の湯場へ向かう途中のことでした。私は、日蓮様は、どの道を通って池上のほうへ向かったのか、いつも気がかりでした。身延から東方の国に向かうには、ほかに静岡県の富士宮へ出て、御殿場を通って、神奈川県の秦野から東京・池上へ向かう道もあります。

ご入滅が千二百八十二年、六十一歳とされています。蒙古が攻めて来た弘安の役が、その前年のことです。日蓮様は、どの道を通られたのか記録にありますか？」

「さあ、どうでしょうか。あとで調べておきます」

講師は思案げに答えた。

柳田は、ついでに黒駒村について説明していった。

「この黒駒村には、江戸時代後期、黒駒勝蔵という博徒がいました。名主のせがれとして生まれました。身をもち崩して、二十五歳で渡世人の仲間に入ったそうです。勝蔵は富士川の舟運をめぐって、清水の次郎長と対立抗争をしたそうです。この話は、浪曲師の広沢虎造の語りで有名だそうです。その勝蔵の村が、私の父の故郷なのです。私の母の故郷は千葉県一の宮あたりの農家です。日蓮様が生まれたあたりらしいです。つまり、私にとっては、昔から日蓮様の話が付きまとっていたのです」

柳田は口調を変えて続けた。

「実は、私が今お話ししたいのは、呉市の実家に戻っている妻のことです。体調がよくないので入院したそうです。被爆者健康手帳の所持者です。直接の被爆でなく、救援隊として現地に入った時の二次被爆者です。子ども一歳の男の子がいます。私にできることは何でしょうか。やはり御題目を唱えることですか？」

「そうです。その通りです。南無妙法蓮華経を唱えることです。口だけでなく、心の底から、声に出さなくとも唱えることとです」

講師は書籍を開いて、

「法華経は、国を救うだけでなく、人々の苦しみを救うお経です。聖俗混在、迷悟不二、煩悩即菩提、生死即涅槃なのです」

と読み出した。

「この法華経の教えこそ、釈尊の魂が込められています。この世の苦と光です。あなたは、今の仕事に精魂込めて打ち込み、御題目を唱え続ければ、必ず、仏の光が射し込んできます。釈尊はあなたの心の中におられます。私たちも、あなた家族のために祈っています」

講師は、なお話を進めた。

「第二次世界大戦で、日本は三百十万人の犠牲者を出しました。世界全体では、なんと五千万人から八千万人の犠牲者が出ています。人間が殺し合っているのです。民族愛のためとか、資本主義を守るためとか、独裁制保持のためとか、様々な理由で殺し合っていたのです。人間はなんという愚かな生き物ではありませんか。しかも、まだそれに懲りず、第三次大戦の準備をしています。人類の最終絶滅兵器の開発に懸命です」

8

九月上旬、柳田行夫は神戸港から大分港へ向かうフェリーの夜行便に乗っていた。放射線専門学校の修学旅行の一人として参加していた。参加は自由だったが、今年は防衛庁から旅費が出ることに決まったので、行くことにした。先輩たちが交渉して、そうなったらしい。詳しいことは分からないが、旅行の目的の中に、原爆被爆地の「勉強」が含まれていて、被害状況の話など聞いてこい、という条件で許可されたという。

九州へ着いたら、必ず長崎へ寄ることになっていた。夜行便だから、瀬戸内海の風景を楽しむわけにもいかず、十時間も暗闇の海に揺られていた。往路は船で、復路は列車で、という計画を誰が立てたのかは問うまい。睡眠をとる気持ちにもなれない。考え事をする。

あの黒駒勝蔵は、維新の混乱の中で殺人もしていたというので、新政府方によって斬首されたという。あとで、尊皇攘夷派の志士だったと分かって、名誉回復した。その印として、山梨県知事の某氏による記念碑が明治四年に建てられ、知事の書が刻まれたという。

柳田の立場としても、面目の立つ話であった。

それよりも、もっと大切な思い出がある。彼は、黒駒小学校五年生として、昭和十九年夏、疎開してきた。ある日、彼は母と姉の眠る墓地のほうへ向かった。ひとり散歩であった。小さな土の山が墓だった。石が乗っかっていた。それが墓石だった。あの石は、近くを流れる金川から拾ってきたに違いない。金川は甲府盆地を流れる笛吹川へ合流している。新宿の病院で二人は死んだ。母が一ヵ月前に死に、姉は九月に。行夫は病院の窓で激しく泣いた時がある。うるさいと父は怒った。あの時の俺の泣き声は、本当は、父の慟哭の代弁だったのだ。父は戸惑い、途方に暮れ、狂っていたのだ。……四歳の時だった。

あの和枝姉ちゃんは、行夫が親しく話し合った、この世で初めての二歳年上の女性だった。姉ちゃんが死んで七年ぶりに土まんじゅう姿で疎開先で再会した。生きていれば、和枝十三歳のはずだった。秋の夕陽が静かに、さびしく差していた。本当に姉ちゃんは死んでしまったのだ。実感した。こんな小さな墓となって、黒駒村で再会した。嬉しかった。

新宿駅に近い、電車の見える空地で、彼は姉と遊んでいた。父はタバコを買うと言って街のほうへ行ったが、なかなか帰って来ない。休日で、父は和枝と行夫を連れて散歩に来ていたのだ。

「父ちゃん、帰って来ないね」と姉。

「どこかへ行っちゃったかもね」

二人の幼児は相談して、おうちのある方向へ歩きだした。電車通りを横切り、淀橋のおうちへ帰った。

父は、幼児誘拐に遭った、と警察を騒がせた。幼児たちが自分のうちへ、ちゃんと帰っていたのが不思議だと思ったらしい。行夫は姉に従って歩いただけだった。あの姉が、こんなところに埋められている。母の面影は忘れているが、姉の手のぬくもりは残っている。三歳の時の記憶だった。

深夜の瀬戸内の海を観光船は順調に西へ向かって進んでいた。周囲一キロメートル以上の島が七百二十七もあるという内海を上手に進んでいた。もう呉市の南の倉橋島かな。柱島近くを通っているのかな。呉市街の病院には妻が入院し、倉橋島西宇土の実家に秀樹はいるのだ。弟夫婦の手元で眠っているかもしれない。柱島は旧海軍の連合艦隊の集合するところだ。かつての大日本帝国海軍は消滅した。今、海上自衛隊の艦船がいるはずだ。その近くを柳田たちを乗せた船が通っている。これでいいのか。一方は、厳正な緊張続きの任務を果たしているのに、柳田たち委託自衛隊は、遊覧船に乗っていた。こんなことではだめだ、という声が聞こえそうだった。柳田は一瞬、戦没戦士の霊が、彼をとり囲んでいるのを感じた。霊魂不滅だ。亡き人を思う時、その人は霊と再会しているという。霊は、こちらに呼びかける。心配するな。お前たちを守っているぞ。その声は波の音の中に聞こえている。しかし、と行夫は弁解口調で語りかける。何を弁解しているのか分からないうちに、眠りについていた。

大分県の別府港についたのは、朝七時頃だった。

柳田は次のように日記に書いている。

《北九州一周の旅。私は九州の地図について学んだことがなかった。大分県、福岡県、佐賀県、長崎県と地図帖を眺める。バスで阿蘇山を見る。最初の宿屋は、熊本城の近くだった。翌日は長崎市に着いた。グラバー邸という建物を見る。説明書によると、安政の開港を待ちかねたように、二十一歳のスコットランド人の貿易商のトーマス・ブレーク・グラバーが長崎へ来航し、文久三年に建設。当初、接客所として建立したという。長崎港を一望できる場所にある。

戦艦・武蔵は、三菱長崎造船所で、昭和十七年に完成した。昭和十九年十月、シブヤン海で沈没。

岩崎弥太郎が明治十七年に、この造船所を明治政府から借り入れた。氏は三菱財閥の創立者。天保五年、高知県に生まれた。

長崎市にプルトニウム二三九の原子爆弾が投下されたのは、八月九日午前十一時二分、被害白書の算定では、死亡者が推定約七万人。爆心地から半径五百メートル以内の人々は、ほとんど即死。

この爆弾は、三菱重工業長崎兵器製作所住吉トンネル工場と、三菱製鋼所長崎製鋼所第一工場との間のほぼ中間地点の上空で爆発した。

浦上天主堂から西へ約五百メートル。

浦上天主堂を教区とする信者は約一万二千人、そのうち約八千人が犠牲になった。

放射線量は、爆心地で中性子線三九グレイ、ガンマ線二五一グレイ（一グレイは百ラド）。

四百ラドは半致死量。

被爆量と人体への影響は、今後の課題である。地表温度四千度。計算方法も研究したい。

山陽本線の関門トンネルは、昭和十一年に建設開始、下り線の開通は昭和十七年、上り線の開通は昭和十九年だという。軌間は一〇六七ミリ。


福岡市の博多駅前のホテルに一泊。

福岡市博物館を見学。国宝「金印」あり。福岡市の博多人形は印象に残った。


博多港。満州からの引揚船は博多に着いた。私の兄、辰雄は、そう言っていたと思う。

兄は黒駒小学校六年生を卒業するまで、山梨県の祖父母のもとで暮らした。上京して私と再会したのは昭和十六年四月、東京の荒川区尾久町の高等科に入った時である。

その頃、私は父と継母と尾久町一丁目の大門通りの借家に住んでいた。父は魚屋をやめて、王子の砲兵工廠に勤めていた。兄は、高等科の二ヵ年間を、私と共に暮らした。昭和十八年四月、満蒙開拓義勇隊として内原訓練所へ入り、その年、九月に渡満した。博多港から船に乗ったに違いない。私が小学二年から三年生になる二ヵ年間だけ一緒だった。

兄は継母になつかない子だった。反抗心が芽生える頃だったのかもしれない。

兄と私は叔父さんと浅草へ行き、隅田川のボートに乗って過ごしたことがあった。梅夫叔父は父より十歳下で四男坊であった。中国戦線から帰還し、東京の消防署に勤めていた。消防車の運転をしているらしかった。消防署員だと、もう兵隊に行かなくていいらしかった。

兄が満州へ行く前、千葉県の実母の生家に、父と兄と私は行った。日本の内地から離れるあいさつだった。

実母の弟Rは、その時、満州のハルピン学院に行っていることを知らされた。

今、私は九州の旅を終えようとしている。かつては蒙古襲来の防衛の場所であった。兄は生還した。胸に実母の小さな写真をずっと離さず抱き続けたという。奇跡だ。それを持ち続けたのは、ふしぎなことなのだ。服は脱ぐ時もあり、転々と山野を歩けば、やがて散失してしまうものだ。汗でとけてしまうかもしれぬ。帰還した時、その写真は、胸のポケットに残っていた。あたかも守護神のごとくに。兄には亡き母の霊が、しっかりと取り付いていたのだ。私は感動した。霊魂不滅だ。義勇隊解体後、兄は中国農民の手伝い小僧として生き抜いてきたという。》

修学旅行の放射線学校集団は、博多から広島へ向かっていた。柳田行夫は、担当指導教師に、

「私の妻が、呉市の病院に入っていて、見舞いに立ち寄りたい。広島市の見学がすみ次第、旅行集団から抜けてもいいですか」

とお願いしておいた。

「分かりました。じゃあ、気を付けて行ってらっしゃい」

と了解を得ていた。

柳田は、この旅行が呉市訪問の機会と重なる偶然さに内心驚いていたのである。まさに日蓮様のお導きであった。

このことは、あとで銭湯の奥さんに報告しよう。きっとあの老女は、「あなたの信仰心

が通じたのです」と言うだろう。正式には入会していないが、自分はS会の支持者になっているのに違いないと思った。老女は「あなたは日蓮様の一族に違いない。そのことを自覚しなさい」と言っていた。信州の父は、実母が亡くなって以来、法華経を朝夕読んでいたのは、S会とは違う宗派であったろうが、本質的には、釈迦牟尼《しゃかむに》の教えに従っているわけだろうと思っている。

いよいよ、広島市へ、柳田は修学旅行者の一員として向かった。彼は厳粛な気持ちだった。長崎に次いで、心を新たにした。安易な妥協は許せない。それは自己の心への忠告だった。防衛庁の防衛予算が重く意識の底にうずまいている。被爆地調査である。それは外見上、観光客のようではあるが、それでは自尊心が許さない。何ゆえに人類は、こうした愚かな、天をあざむくことをしたのか。加害者に対する思いだけでなく、被害者にも重大な問題である。東洋と西洋の思想の違いもあり、仏教国日本とキリスト教国の違いもあろう。

核実験は、すでにアメリカのほかに、ソ連もイギリスもフランスも成功していた。もはや世界の問題でもある。核物理学の発展が、人類を悪魔の虜にしていた。核反応の研究は、すでに医学や農業に、その他多くの研究領域に進みつつあるという。原子力発電により、社会は今後大いなる恩恵を受けるに違いない。

　彼は、今、核反応のエネルギー計算の教育を受け始めていた。広島に投下された熱量の説明本も読んでいた。確かに放射線学生の第一歩の学習であろう。いや、それよりも、思想史も読まねばなるまい。というのは、彼は、あの大川周明という思想家の伝記を読んで、国家主義、民族主義、帝国主義について、短大二年間の学習の中で、考えさせられていたのであった。

　原爆について考える時、戦争についてまず考えねばなるまいと、当然同時に思うのは、心ある者の行きつくところだ。まして、再軍備の一翼を担う彼自身の自覚でもある。

　大川周明は、日本の果たすべき使命は、アジアの解放であると叫んだ。アジアの新秩序の建設のために、アジア諸民族が日本と提携協力して、米・英・仏・蘭の白人勢力をアジアから駆逐しなければならない。軍人たちは、その思想に正義を感じて、大義名分を自覚したはずである。そして、思想が先走りして経済力の弱さを忘れていた……。

　柳田行夫が、歴史とは何かについて考えさせられたのは、あのキリスト教短大英文科での授業だった。キリスト教といっても、あの敷地は旧軍の飛行学校があったところを、米軍が占領している頃、アメリカの教育学園がとりあえず払い下げを受けて学園にしたところだった。自衛隊の敷地に返還されるに際し、すでに校舎として使いだしていたところだけ学園が使うようになった。旧軍の司令部隊舎が短大校舎に、兵隊の居住建物は私立高校生の教育用建物として使っていた。

校舎のことはともかく、歴史教育のことである。柳田ら自衛官学生は、普通の民間夜学生と共に、単位をとるために通学していた。ここで取った単位は、他大学に編入する時、有効なもので、その頃の卒業生の一人は立教大学英文科に編入していた。

歴史教科書として学習したのは、羽仁五郎先生の『明治維新　現代日本の起源』という岩波新書だった。明治維新までは、農民及び商工の仕事をしていた江戸時代の庶民は、封建制のもとで農奴的隷属の境遇にあった。歴史書は、武士たちの動きを書いているが、本当は国民の九割を占める貧しい農民の生活も書かねばならないのに、何も触れていない。庶民は統制下にあり、移転の自由も、職業選択の自由もなく、一部武士階級によって支配され、五人組の制度のもとに働き、名主の監視を受けていた。年貢の欠落は五人組が責任を負う。連帯責任である。関所があって、手形がなければ通れなかった。密告まで奨励されていた。

明治維新で憲法が出来、参政権が与えられ、やっと人間としての自由を与えられた。兵役の義務も生じ、訓練し、やがてはロシアのバルチック艦隊を迎え撃てるようになった。庶民たちの転身ぶりは鮮やかである。

マルクス主義歴史学者である羽仁五郎先生の本を、短大講師は読解していた。自衛官学生たちは、ある新鮮な感動を抱きながら受講していた。その講師は、東大の若い準教授だった。東大史料編纂所の研究員だったという。自衛官とマルクス主義の組合せは、妙な関係の学習だったが、誰も批判めいたことを言う人もなく、学習は続けられた。かと言って、マルクスを本気で読むような学生もいなかった。早く単位をとって、卒業して、自衛隊をやめて教員になるか、上級学校でもっと勉強しようとか、考えは様々であった。

柳田は原爆被害者の衣服や弁当箱や万年筆などの変形品を見ながら歩いていた。当時の展示館は小さなものだった。

見学者の心理は、当然、真剣であった。すべての展示品は、自分の身替り品のように感じていたはずである。

高熱のため、人体は一瞬にして蒸発して消え去った。コンクリートや鉄材のもの以外は跡形もない。

説明者は詳しく惨状を述べていた。記録文書もあった。爆心地から半径二キロ以内では、燃えるものはすべて燃えつきた。被爆後一ヵ月以内の広島市民だけでも約十万七千人が死亡という推計値が得られたという。

石段に焼きつけられた人間の影は、人間が強烈な熱線で一瞬にして死亡したことを示しているという。

弁当箱の中味が真っ黒に炭化したものは、ごはんが入っていたはずである。

柳田は原水爆実験の反対運動が起こりだしたのは、昭和二十九年のあの事件がきっかけだったのかなと思い出す。第五福竜丸事件だ。この事件は、米ソの核兵器開発が急速に進展した時だ。アメリカがビキニ環礁で行った水爆実験によって、多量の放射性降下物を浴びた日本の遠洋マグロ漁船。乗組員二十三名。その年の三月一日に被爆し、無線長の久保山愛吉さんが、半年後九月二十三日に死亡した。その一ヵ月前、八月十日頃、柳田は新入自衛官として、金沢駐屯地教育隊で訓練を受け始めていた。

京都の放射線学校のK教授は、第五福竜丸事件の頃の様子を語ったことがある。

アメリカは、この事件を極力隠蔽しようとした。大学の理学部の学生たちは、測定器を持って現地へ向かった。詳細の行動は極秘として扱われた。そんな話をK氏は語っていた。

あの昭和二十九年一月二日、皇居一般参賀で、二重橋で参賀者の将棋倒しが発生。十六人が死亡。重軽傷者五十六人。三十八万人もの人々が押し寄せていた。あの参賀に彼は行こうかどうか迷っていたが、浅草大勝館の仕事が忙しくて、取りやめて命拾いした。

政局の混乱の年でもあった。一月に造船疑獄が明るみに出た。海運・造船業界が保守政界に贈賄した。収賄側の頂点に立つ自由党の幹事長・佐藤栄作の逮捕について、衆院の許諾を、四月、最高検首脳は求めた。法相の犬養健は、指揮権を発動して、逮捕を阻止した。十二月には、通算七年二ヵ月の長期政権、吉田内閣総辞職。その頃、柳田は新兵教育を終えて、習志野駐屯地に来ていた。

昭和三十年二月の総選挙で、鳩山、岸らの民主党は自衛軍の創設を掲げた。

昭和三十一年十月、鳩山政権は日ソ共同宣言により、ソ連と国交を回復した。訪ソ交渉の一団の中に、柳田の叔父Rが随員としていたことを柳田は後に知った。

9

色覚異常自衛官の柳田は、今、広島市街の被爆地めぐりを終わり、自衛隊放射線学生の自覚を深めながら、この地を去ろうとしていた。つきまとう心情は、犠牲者慰霊と平和への祈願と、霊魂不滅、日蓮御書の新たなる勉学である。

柳田行夫は、この時、自民党が憲法改正を志す政党であり、S会が平和憲法護持の政治思想を持っていることに、あまり関心はなかった。ただ法華経とはいったい、どんな経典かについて、関心を深めていた。

彼は広島駅で皆と別れて単身行動になる。呉線に乗り、呉市にある妻の実家に向かっていた。

先ほど電話を実家へかけた。

老母が出た。

「京子は、もう元気になって、倉橋島西宇土に戻ってる」

という返事だった。

入院は一週間くらいだったそうだ。

柳田は、ほっとした。実は最悪の状態も考えていた。

妻が病死でもしたら、どうしよう。秀樹を祖母のもとに預けたまま、自分は京都へ戻り、学習生活に専念せねばなるまい。京子に芽生えた宗教心は、今どうなっているのか。彼女のことだから、父母に何も話さず、宗教嫌いな顔をして、宇治のあんな狭いところなんか、もう行きたくないと同じようなことを言っているに違いない。

「たしかに、あそこは住みづらいだろうね」と父は言っているだろう。父と娘は、愚痴を言いながら、明るく微笑しているだろう。

柳田は初めて妻の実家を訪問することになる。彼の手提げ鞄には、一冊のノートが入っている。被爆地、長崎や広島での収集した記録記事を転記した細かい文字がずらりと並んでいる。放射線物理学を学び始めている人だけが理解できる、計算式も書き込んである。学校へ帰ったら、学友と共に読み比べようと思っている。

ともかく、軽度とは言え、被爆者の妻の浮き沈みする心情の正しい理解者は、結局、自分しかいないだろうと思った。判断力の弱さ、洞察力の乱れは、生まれつきの性格の一種かもしれないが、被爆の精神的な衝撃も少なからずあるに違いないと思う。

それにしても、あれほど嫌っていた宗教に、簡単にのめり込んでいく姿は異様であった。日蓮の話や法華経については、柳田は格別新しい知識ではなく、小学生の頃からの父の姿勢に影響されたもので、むしろ、父の宗教のめりの生き方に批判的でさえあった。それに、キリスト教系の短大卒業によって、自分の宗教観も乱れている。S会に対して多少の好奇心があるものの、本心では、自分の考えがどうなっているのか分からないのであった。妻は退院していると聞いた。妻の口から最初に出るものは何だろうか。多分、「どうして来たの？」という驚きであろう。「修学旅行の途中下車だよ」と答えるしかないだろう。

この年、呉市街から倉橋島へ行くには、小型蒸気船に乗って行かねばならなかった。瀬戸大橋が完成するのは数年後の予定だった。

音戸《おんど》の瀬戸は、平清盛が開削した海上通路であり、呉市の本土側と倉橋島にある海峡のことである。

彼は船の出る前に、呉市発行の市街案内の小冊子を手に入れていた。

そこに書かれている文の一部に彼は目を通した。

開削は千百六十二年、日宋貿易の新しい航路としてなされた。瀬戸海峡は、南北方向約千メートル、幅は北口で約二百メートル、南口の狭いところで、約八十メートル。風光明媚な観光地として昔から知られている。伝説によれば、西に沈みかけた太陽を清盛が扇で招き、一日で開削工事を終わらせた、とある。開削の際、人命を尊んで、人柱の代わりに、一字・石の経石を海底に沈めて難工事を完成させたと伝えられ、清盛の功績と供養のために、宝篋印塔が建立されている。

音戸瀬戸公園は、吉川英治が『新・平家物語』の史跡取材のため訪れたのを記念して、建立されたものであった。

柳田は、すでに呉市の歴史の概要は知っている。自衛官として、隊友に後で説明してやることも、防衛庁予算で旅をしている以上、必須の事項だと認識していた。


明治十九年に、第二海軍区鎮守府を呉港に置くと決定され、同二十二年に、呉鎮守府が開庁した。第九代呉鎮守府司令長官、加藤友三郎像もある。氏は広島県出身の海軍軍人で、ワシントン会議に首席全権委員として出席し、アメリカが提唱した軍縮に賛成。大正十一年には、広島県で初めて内閣総理大臣に就任した。

呉市には日本海軍の遺産が数限りなく展示されている。戦艦大和の建造技官の一人として、京子の父も登場しているのである。期せずして、京子は海軍の申し子として柳田の前に現われた女神のようなものだ。と、柳田は恐縮した気持ちになった。

渡船は倉橋島西宇土の海岸に向かって動きだした。空は晴れて、雲ひとつ見えない午後であった。そして、驚くなかれ、船着場には京子の親族や近隣の人たち、およそ二十人が彼の到着を待っていたのである。

彼は数人の客と共に下船した。京子の姿はなかったが、義弟の嫁の顔が目についた。柳田は、もとより旅行用のよれよれの私服姿だ。下船していった作業帰りの人と変わりはないが、やはりこの島の人とは何か異質なものを与えているようだった。迎えに来てくれたのは半数は子どもたちだった。大人たちは働きに出ており、田舎家にいるのは老人ばかりと言っていい。いずれも、にこやかに、親しげに、我が子を迎えるように近付いてきた。

「食事はしてきたの？」と義弟の嫁は聞いた。

「うん、アンパンを一個食べたけど、節約主義でね」と答えた。

京子は実家の茶の間で、ねそべっていた。

「数日前に退院したの。検査入院ね。今は、どこも悪くないのよ。それより、あなた、よく旅行してきたわね。一万円の月給で、九州一周とか、市街地散歩とか、そんなお金、どこにあったの」

「全部、学校当局にまかしてある。俺が出したのは、広島から呉へ向かう交通費と、蒸気船の費用だけさ。京都へ帰る費用は、十分あるから心配はいらない。ところで、検査の結果は、分かったのかい？」

「血液検査くらいだったわ。栄養食を摂って寝ていれば、それで十分だって言うの。アンパンだけではダメらしいわ」

老母が台所で食事の支度を始めていた。

夕方になって、義父と義弟が帰宅した。父は造船所の監督役であり、弟は港の荷役労働者だ。

柳田は、学校の研修旅行だと言って、詳しいことは省いた。

義父の一郎氏は、

「お互いに健康でいるのが一番だ。呉港には、海上自衛隊の艦船が増えてきた。昔の海軍とそっくりだ。精神は民主主義に変わったが、訓練は昔と変わりなく厳しい。頼もしいと思う。本土と倉橋島とを結ぶ橋が出来れば、この島も大きく変わるだろう」

と、つぶやくように話した。

「僕は、あと半年で卒業します。たいがい先輩たちは、原隊復帰か、その付近に配属されるそうですから、関東へ戻るかもしれません。まだ、詳しくは分かりません」

「それにしても、正式に技師免許が取れれば、今後、安定した生活に向かえると思う。防衛庁の一時しのぎの勤務だと軽く見てはいけない。自分の昇進よりも、部下教育の責任が待っている。どこの職場も同じだ。思いやりの心を忘れてはならない」

　さすがに旧軍の嘱託技官だ。自衛隊なら佐官級の人だ。

　柳田は、京子がS会の話をしていたかどうかが何となく心配だった。この地は真宗天国である。浄土真宗でしっかり踏み固めた土地柄だ。

　京子の様子からみると、やはり軽率な発言はしていないらしかった。父親の心情を乱すような宗教の話は、雑談にせよ、してはいけないという判断力はあるようだった。

　義弟は、今、フォークリフトの免許をとるため、懸命らしかった。柳田は詳しく聞いてみるつもりはないが、荷物の運搬には、あの運転技術があれば相当有利だろうと思う。それに危険な仕事だ。とても自分のやれる仕事ではないと思った。それに比べて、放射線技師の仕事は、ことに病院勤務者になれば、患者相手の仕事になる。思いやりの心が使命である。彼にとっては、あらためて、それが天職になることを感謝しなければならないと思っている。

　秀樹も、すくすくと育っている。賢そうだ。

　一時期、柳田は、京子の何気ない言動から、秀樹は、もしかすると、あの行方不明の中村二佐の子かもしれないと思ったことがあった。

今では、秀樹の顔形や性格的な動きから、その疑いは薄れているが、介護同件の一件は、なぜか腑《ふ》に落ちないものがあった。が、いずれにしろ、中村氏は行方不明。自殺したのかもしれないとなると、柳田としても、気持ちを整えなくてはなるまいと思っている。

志賀直哉の『暗夜行路』の主人公の謙作に近い心境でもあるが、むしろ、京子の胸の内はどうなのか、と思う。謙作の妻の心境描写はほとんどなかったが、京子の場合、あの小説のように明らかになっていないようである。

瀬戸内の海は、静かに凪いでいた。柳田は皆に見送られて、蒸気船に乗った。めざすは、あの宇治の狭いアパートであり、桂駐屯地であり、西院の放射線学校であった。

10

彼は早速、鞄の中のノートの整理にとりかかった。

広島の爆心地の地表温度は三千度。中性子線一四一グレイ、γ線一〇三グレイ、（Ｒａ

ｄに換算して合計二万四四〇〇）。半致死量千Ｒａｄとすれば、二十倍超の被爆である。

そんな具合に、同僚と検討を始めていた。

その年の秋、十月十二日、浅沼稲次郎氏が右翼少年に演説会場で刺殺された。その少年は十一月二日、自殺した。少年は全アジア反共連盟に所属していたという。

まさに、『立正安国論』の自界叛逆であった。

倉橋島に立ち寄った際、京子の父一郎氏は、

「母子について、来年の春まで、こちらで過ごさせたらどうか。宇治へ行ったり来たりするのは、酷である。あと半年で学校も卒業だ。任地が決まって、そちらへ向かわせるのがよいと思う」

と言った。

「それがいいと思います」

と行夫も賛成した。

そこで、柳田は、これから卒業までを、単身で京都で過ごすことにした。

宇治のアパートに家族を押し込めて、主人が週末に帰ってくるだけでは、育児をかかえた妻にとっても、心労の多い生活であることは確かだ。委託学生としての勉学も大詰めを迎えている時であった。

柳田は、ある日曜日、五条通りにある日本ナザレン教団の教会に立ち寄った。彼が卒業した日本キリスト教短大はナザレン教団の系列の教会に関係していることは覚えていた。京都の地図を見て、前から気になっていた教会であった。千葉のあの短大は、全国でも数少ない神学科をもつ短大だそうである。プロテスタントのナザレン教会のエコールという人物が設立した短大で、アメリカのポイントロマ・ナザレン大学の系列に入ると、資料に書いてあった。

初冬を迎えたその教会には、牧師を囲んで十人ほどの人たちが、暖炉にあたりながら語り合っていた。自衛官制服の柳田を見て、親しげに歓迎してくれた。彼は千葉市のナザレン系列の短大を卒業した者だと自己紹介した。

「よくいらしてくださいました。西院の学校へ派遣されて勉強なさっているのですか。がんばってください。私たちは友達です」

と牧師は言った。三十分間ほどで彼は立ち去ろうとした。

「どちらへお帰りですか。宇治ですか。アパートへ。そうですか、私もこれから、宇治へ帰ります」

小学教師だという青年がそう言って、一緒に電車に乗った。偶然の出会いに、柳田は感動を覚えた。

「反安保で世相は揺れていますが、私たちは全く関係なく過ごしています。宗教と政治は、必ずしも関係ないかもしれませんね」と青年は話していた。

柳田はアパートの様子を見に宇治に来ただけで、すぐ桂駐屯地へ戻って行った。

彼は、千葉の短大を、慌ただしい気持ちのうちに通学し、その学園の成り立ちについて、考えることもしてこなかったが、五条の教会へ何となく立ち寄ったことで、信者ではないが、キリスト教というものに深く囲まれている自身の存在を噛みしめていた。

あと数ヵ月で京都を去る身であってみれば、あの教会へ立ち寄ることも、あの青年と再会することもないかもしれないが、懐しい思い出になることは間違いない日であった。

宗教は人間の五感を超えた観念である。「受胎告知」のように、現代科学では納得できないキリストの誕生について論争している本も見かけるが、彼にとっては、そういうことは全く気にかける問題ではない。大天使ガブリエルが、婚約者ヨセフがいるのに、マリアにそういう告知をしに来たという聖書の文章は、宗教によくある神話であると思っている。現代人が、聖霊によって妊娠するという非科学の話を歴史的な事実だと信じるはずもない。

花婿のヨセフは、一八七〇年、扶養の義務の功労者として、ローマ教会から列聖されたという記事を読んだこともある。

神話にしては、あまりに歴史的な記述もあった。ヨセフ夫婦は、ローマ帝国皇帝の命令で、ユダヤ全土で行われる住民登録のため、ヨセフの故郷であるベツレヘムに行った。

イエスは、馬小屋で産み落とされたのではなく、ベツレヘムの地下洞窟で生まれたという説もある。

聖書関連の本を読んだせいで、柳田はある夜、妙な夢を見た。朝方の一瞬の夢だった。

南方戦線から生き残った軍人がよろよろと歩いている。爆弾で家を焼かれ、火傷を負った女性が路上で倒れている。軍人は、女性を救い上げ、水を飲ませる。軍人は立ち去る。女性の知り合いの男が、女性に近付く。ただそれだけの風景の夢だった。

柳田は、その夢に聖書の記述を合わせてみた。路上に倒れていたのは、マリアだった。軍人は、聖霊のように、彼女に近付き、マリアと愛を交わした。彼女に近付く知り合いの青年は、婚約者ヨセフかもしれない。軍人は、あの行方不明になった中村秀夫かもしれない。マリアは京子。被爆した京子は、街をさまよい、幻想に苦しみながら、救いを求めて歩いている。これらの状景を見ているのは、頼りないヨセフ、柳田自身であるかもしれなかった。

夢は一瞬のうちに、構成を崩して消えていった。

昭和三十六年正月、委託学生仲間の金田啓介三曹が結婚することになった。相手は、金田が入隊前、アルバイトをしていた大阪のある町のクリーニング店の従業員だそうだ。金田はその頃、働きながら夜間の高校へ通学していた。その高校を中退して、自衛隊に入った。彼には両親はいなかった。戦災犠牲者だったらしい。北海道の某駐屯地医務勤務をしていた。隊務のかたわら、夜間高校を続けて、高卒の資格をやっと取った。陸曹候補生試験に合格、前期の猛訓練を北海道でやり、後期教育は東京の池尻の衛生学校で受けた。

柳田と出会ったのは、池尻だった。そして、放射線学生に選抜された。京都で、柳田と金田は再び一緒になった。金田の伯父は、兵学校上がりの元中佐だった。金田は大阪にいた時、その中佐家族の家で暮らしていたという。

クリーニング店の女性とは、アルバイト仲間だったそうだ。結婚式は、少ない親族だけの集りで済ませ、桂駐屯地近くで間借り生活を始めた。夜間高校も中途半端で投げ出して自衛隊へ入った金田が、数年後、自衛隊の下士官になり、しかも放射線学生になって関西へ戻って来たのである。

金田君の原点はクリーニング店か。オレの原点は、何だろうか？　と、柳田は考える。浅草の大勝館か。いや、浅草寺の観音様だろう。父は信州の田舎で、ある浪曲師の「唄入り観音経」を懐しんでいた。

「遠くチラチラ灯が揺れる、あれは言問こちらを見れば、誰を待乳のもやい舟、月に一声雁が鳴く、秋の夜更けの吾妻橋……」

11

柳田の心の底には、いくつかの記憶のかたまりが深く沈んでいる。

その一つが、山梨県黒駒村（現在の御坂町）でのことである。彼にとっては、第一の疎開地だ。昭和十九年の夏、縁故疎開学童として父の実家に到着した。父と継母に連れられて来た。父は寝具包みを担ぎ、継母は学用品などの包みを下げて勝沼駅で下車し、小高い山裾を歩いた。幸い、実家には祖父母が健在で、行夫を迎えてくれた。

その頃の祖父母も、苦しい生活を余儀なくされていた。跡継ぎ役の三男の常春叔父が、二人の男の子を残して破傷風で急死し、まだ三十歳の若い妻も途方に暮れていたが、世話する人のお陰で他家へ後妻として嫁ぐことになり、家を去った。二人の子供は、祖父母のもとに残された。

そういう状態のところへ、東京空襲を逃れて次男の忠雄（行夫の父）や、長男の重則家族が押しかけて来る。実家は、十人を超える疎開者を抱え、まさに、てんやわんやの状況になっていく。

行夫は、半年ほど山梨県で暮らして、第二の疎開地、長野県篠ノ井町へ転居することになった。空襲で父の住む尾久町も、まる焼けになり、継母の実家のある長野県への疎開である。

転居先は、川中島の古戦場で有名な善光寺平であり、千曲川に近い村落であった。大日本帝国最後の砦となる松代の大本営にも近いところだ。

昭和二十年四月、米軍は沖縄に上陸。戦艦大和は、特攻作戦命令によって出撃している時期である。

継母の実家にいる長兄は、大本営構築工事の作業員として、徴用勤務中で、戦況次第では、行夫も大本営と共に討ち死にするかもしれない、そういう頃であった。

黒駒村での暮らしの中で、勉強のあいまに、行夫は浪曲の練習をしていた。学芸会出演のためだった。ところが学芸会は中止で、仕方なく近所の子を集めて、清水の次郎長の一席をうなって聞かせていた。

その子どもたちの中にＡ子がいた。彼女は小学二年生で、熱心に耳を傾けてくれた。Ａ子の父は片足のない傷痍軍人だった。別離の朝、Ａ子は激しく泣いた。行夫が信州へ行く時だった。あの涙は行夫にとって、永遠の宝石である。

極貧の農家のＡ子は、その後どうしているか。学校へもろくに通うことなく、身売りされてしまったかもしれない。

第二の記憶のかたまりは、継母の涙であった。挙式の秋《とき》、継母が父に連れられて千葉へ来た。訓練の都合で、行夫と会う時間はわずかであった。夕刻、薄暗がりの軒先で、継母は行夫の胸に顔をうずめて泣いた。行夫にとって、恩愛の継母だった。五歳の時から育ててくれた、実母以上の情愛の母であった。父と継母は、「法華経」を共有して戦後の貧しい生活を乗り越えていた。継母の涙は喪失の哀しみでもあり、京子という未知の嫁をもらった行夫への何らかの警鐘でもあった。

第三の涙は、行夫自身の自覚の涙であった。色弱とか色彩感覚異常とか言うが、その表現は適切ではない。単なる視力の特質なのである。医務室勤務で知ったのは、本当に病気持ちの隊員が存在しているということだ。てんかんや精神病など、採用時の身体検査ではチェックできずに入隊してきた人がいる。行夫は、そういう隊員患者を目撃した。

彼らこそまさに人生の挫折者であり、地獄を彷徨する哀しみの友である。救済しなければならない青春の友である。彼らは社会の偏見や蔑視の中で、これからも生きていかねばならないだろう。色彩感覚などで悩む行夫は、ぜいたくな身分である。そう思うと、彼は泣けてくる。自分の判断の甘さである。彼の涙は、密かなる再生への誓いであった。

柳田行夫の任地が決まった。北海道東部の某駐屯地である。昭和三十六年五月、技師国家試験も順調に進み、単身出発であった。

科学技術庁所管の第一種放射線取扱主任者免状も交付されていた。

あらかじめ、任地の担当官と連絡をとっておいた。家族のための借家も準備してくれるという。

高射特科大隊付の衛生隊、放射線技術陸曹としての行夫の姿が、北辺の地に現れる。北方領土問題に取り組む外交官の叔父の懸命な姿と重なるのであった。信州育ちの行夫の試金石が待っている。


新進気鋭を自負する行夫に遅れること一週間後、北へ向かう列車の中に、倉橋一郎と、娘の京子と、二歳の秀樹の姿があった。青葉繁る仙台を過ぎ、左の車窓に岩手山を望みつつ、列車は八甲田トンネルを通っていく。もう青森駅である。

「お父さん、いつまで北海道にいるつもりなの」

と京子は聞く。

「世界に平和が来るまでさ」

「何言ってるのよ、お父さん。理想はやめてよ」

「理想がなくて、人間、生きてはいけぬ。当初の目的は孫の世話だな。これも防衛力支援の一つさ」

倉橋一郎の背後には、大和と共に沈んだ多くの戦士の霊が、静かに、そして力強く取り囲んでいるようであった。血涙が一郎を覆う。

四月十二日、人類初の有人宇宙飛行に成功したボストークの飛行士ガガーリンが、「地球は青かった」というセリフを発したという。ソ連から広島の医療機関に放射線治療装置が届けられたという情報もあった。世界は皆、友達なのだ。しかし、生物の本能は、生存競争という宿命を帯びている。神よ、仏よ……一郎は祈りの人になりつつあった。

一郎の耳に、あの曲が聞こえてきた。

幻聴ではない。

シベリア帰りの高名な歌謡浪曲の三波春夫が、いのちがけで演ずる名曲「大利根無情」だ。武士の平手造酒《ひらてみき》は、日本人の代名詞。

「……止めて下さるな、落ちぶれ果てても、平手は武士じゃ、男の散りぎわだけは知っており申す、行かねばならぬ、行かねばならぬのだ……」

（終）

本作品はフィクションであり、実在の人物や出来事とは関係ありません。

著者プロフィール

露崎 薫（つゆざき かおる）

1933年　東京都生まれ
県立長野高校卒業
日本基督教短期大学英文科卒業
自衛隊放射線技師養成所卒業
第一種放射線取扱主任者免状取得
市立病院放射線技師長
京都医療科学大学学友会関東支部長
社団法人神奈川県放射線技師会監事等歴任
1980年　神奈川新聞文芸コンクール
　　　　小説『不肖の子』準入選
同年　　神奈川県勤労者文芸コンクール
　　　　小説『幽鬼のごとく』1位受賞
2006年　『崖下の病院』（文芸社）を刊行
2013年　『百動、一静に如かず』（文芸社）を刊行

小説 自衛隊放射線学生

2024年２月15日　初版第１刷発行

著　者　露崎 薫
発行者　瓜谷 綱延
発行所　株式会社文芸社
　　　　〒160-0022　東京都新宿区新宿1－10－1
　　　　　　　　　　電話　03-5369-3060（代表）
　　　　　　　　　　　　　03-5369-2299（販売）

印刷所　株式会社エーヴィスシステムズ

ISBN978-4-286-24941-4　　　　JASRAC 出 2307884－301